GOLDMANN

Buch

Jan sehnt sich nach der ganz großen Liebe. Er, der Werbetexter mit Sinn für Romantik, hat keine Lust mehr auf Affären und kurzzeitige Beziehungskisten – auf Frauen, die nur mit seinen Gefühlen spielen und nach der anfänglichen Euphorie zum Sturzflug ins emotionale Desaster ansetzen. So wie Verena, seine verführerische Freundin, die Jan in letzter Zeit von einem Wechselbad ins nächste schickt.
Als er dann eines Tages der charmanten Französin Delphine begegnet, glaubt sich Jan am Ziel seiner Träume. Ohne allerdings mit der schönen Verena zu rechnen. Sie sinnt auf Rache – und ist offenbar nicht der einzige Mensch, dem das Glück der beiden ein Dorn im Auge ist.

Hans Kruppa ist mit »Delphine« eine wunderschöne Liebesgeschichte voller Zärtlichkeit und Poesie gelungen. Ein Buch, das beweist, daß man der großen Liebe – allen Widrigkeiten zum Trotz – tagtäglich begegnen kann.

Autor

Hans Kruppa, 1952 in Marl/Westfalen geboren und dort aufgewachsen, studierte Anglistik und Sport in Freiburg und lebt seit 1981 als freier Schriftsteller in Bremen. Kruppa hat bisher mehr als 30 Bücher veröffentlicht, darunter Gedichtbände, Aphorismensammlungen, Romane, Erzählungen und Märchen.

Hans Kruppa im Goldmann Verlag

Am liebsten mit Dir. Liebesgeschichten (42757)
Das Glück ist immer unterwegs. Gedanken (9712)
Die fliegenden Erdbeeren. Roman (9631)
Du lebst in mir. Gedichte (9716)
Ein Abend mit Dir. Roman (9234)
In deiner Nähe. Liebesgedichte (41157)
Kaito. Ein Märchen (41085)
Liebesgedichte (9266)
Lust auf Leben. Gedichte (9713)
Nur für dich. Gedichte (8869)
Nur wer sich liebt. Gedichte (8971)
Schau mal rein. Gedichte (8920)
Magische Momente. Gedichte (9714)
Lichter der Hoffnung. Gedichte (43033)

HANS KRUPPA

Delphine

Roman

GOLDMANN VERLAG

Umwelthinweis:
Alle bedruckten Materialien dieses Taschenbuches
sind chlorfrei und umweltschonend.
Das Papier enthält Recycling-Anteile.

Der Goldmann Verlag
ist ein Unternehmen der Verlagsgruppe Bertelsmann

Originalausgabe 9/96

Umschlaggestaltung: Design Team München
Umschlagfoto: Bavaria/TCL
Druck: Elsnerdruck, Berlin
Satz: DTP-Service Apel, Hannover
Verlagsnummer: 43445
Lektorat: Martina Klüver
Herstellung: Sebastian Strohmaier
Made in Germany
ISBN 3-442-43445-9

1 3 5 7 9 10 8 6 4 2

Für Catherine

Spiel mir das Lied vom Tod

Das Wasser stand mir bis zum Hals. Buchstäblich. Es war rot, roch unverkennbar nach Tomaten-Ketchup, befand sich in meiner Badewanne, und ich lag darin. Ein leeres Schlafpillengläschen auf der Spiegelablage sprang prima ins Auge. Das französische Skandalbuch ›Gebrauchsanleitung zum Selbstmord‹ hatte ich liebevoll mit ein paar Ketchuptropfen versehen und dekorativ auf der Klobrille plaziert. Mein in Ketchup getauchtes Rasiermesser lag einsam und wirksam auf dem Kachelboden. Das alles war reichlich dick aufgetragen, aber Verena würde einigermaßen beschickert sein, wenn sie zurückkam, und bei Betrunkenen darf man nicht klekkern, da muß man klotzen. Ein maliziöses Lächeln umspielte meine Lippen. Verena stand ein Schock bevor, und sie hatte ihn verdient!

Ich sah auf die Uhr. Schon halb drei! Die Dame ließ auf sich warten. Das Wasser wurde mir zu kalt, ich mußte erneut warmes nachlaufen lassen. Über eine Stunde harrte ich nun schon mit Todesverachtung in dieser widerlichen Ketchup-Brühe aus, spürte mit wachsendem Unbehagen, wie meine Haut immer schrumpeliger wurde, doch da mußte ich durch. Verena konnte jeden Augenblick zurückkommen. Beeil dich, dachte ich, das nackte Entsetzen erwartet dich.

Wir waren seit einem knappen Jahr zusammen, und

sage und schreibe sechsmal hatte Verena nach einem von ihr provozierten Streit unsere Beziehung für beendet erklärt. Sechsmal war sie für immer gegangen – und jedesmal ein paar Stunden später zurückgekommen, um mich engelsgleich aus der tiefen Verzweiflung zu retten, in die sie mich gestoßen hatte. Unsere siebte Krise, die kurz vor Mitternacht mit Verenas siebtem endgültigen Adieu ihren Höhepunkt erreicht hatte, war die lächerlichste von allen. Sie knallte mir hanebüchene Vorwürfe an den Kopf, während sie meine letzte Flasche Sekt in sich hineinkippte, um sich anzufeuern. Ihre Anschuldigungen waren wie immer an den Haaren herbeigezogen und so kleinkariert, daß man nervöse Zuckungen bekommen konnte. Zum Beispiel störte sie, daß ich mir die Nase zu laut putzte, zu schamlos gähnte, tagelang dasselbe Hemd trug, mich nicht regelmäßig rasierte, ihr nicht richtig zuhörte, ihr die Freiheit beschnitt und insgesamt zu lahm sei, weshalb sie nicht richtig mit mir streiten und einen Konflikt voll austragen könne.

Das Wasser wurde wieder kalt; es war schon kurz nach vier. Wenn Verena nun doch nicht mehr kam, wenn sie es diesmal wirklich ernst meinte, weichte ich umsonst in dieser degoutanten Brühe auf. Vielleicht spürte sie mit der Intuition des Diktators, daß ich ein Attentat auf sie vorbereitet hatte? Ach was, wer sechsmal kam, würde auch ein siebtes Mal kommen. Von neuem ließ ich warmes Wasser ein und probte noch einmal den Ernstfall: Ich holte tief Luft, rutschte mit dem Kopf unter Wasser und verzog mein Gesicht zur

Leichenbittermiene: die Züge erkaltet, der Mund in stummer Anklage verzerrt, die Augen verzweifelt aufgerissen. So sollte Verena mich sehen! Prustend tauchte ich auf. Warum kam sie bloß nicht?

Ich hatte das Telefon in Reichweite auf dem Boden deponiert. Ein weiteres Mal wählte ich ihre Nummer, wieder umsonst. Es war halb fünf, und sie war immer noch nicht zurück – und auch nicht bei sich zu Hause, wie mir der Anruf bewies. Zur Bekämpfung meiner sinkenden Moral pfiff ich die Titelmelodie von ›Spiel mir das Lied vom Tod‹.

Schließlich gab ich auf. Es war alles so lächerlich, mich in dieser dämlichen Brühe eingeschlossen! Mit einem bitteren Lachen zog ich den Stöpsel aus dem Abfluß, stieg aus der Wanne und betrachtete mein müdes, frustriertes Gesicht im Spiegelglas. Ich schüttelte den Kopf über mich und wankte bis ins Mark verschrumpelt und benommen ins Bett. Meine letzten Gedanken vor dem Einschlafen kreisten träge um die Frage, was passiert wäre, wenn Verena gekommen wäre und mich wie geplant in der Badewanne vorgefunden hätte. Vielleicht hätte mir ihre Reaktion auf meine vermeintliche Selbsttötung gezeigt, daß sie mich noch liebte, auf ihre haarsträubende Weise. Vielleicht hätte ich ihr dann als Entschädigung für ihren Schock noch eine allerletzte, achte Chance gegeben, gutwillig und treudoof, wie ich sein kann, wenn eine Frau mir den Verstand benebelt.

Böses Erwachen

Ich schreckte am frühen Nachmittag aus wüsten Träumen auf, an die ich mich nicht erinnern konnte. Ich weiß nur noch, daß ich mit einer plötzlichen Leere im Herzen erwachte und mit dem Bewußtsein, daß es aus war zwischen Verena und mir. Irgend etwas war in der vergangenen Nacht in mir zerbrochen und hatte meine Gefühle für Verena erlöschen lassen. Es war Schluß mit ihr. Endgültig aus und vorbei. Ich hatte es lange genug aufgeschoben. Auch wenn es schwerfiel – es mußte sein.

Unverhoffte Munterkeit

Meine Haut war trocken und brannte wie heißer Wüstensand. Ich tappte ins Bad und cremte mich von Kopf bis Fuß ein, putzte mir die Zähne, rasierte mich und sagte mir, daß für mich ein neues Leben begann. Im Grunde konnte es nur besser werden. Wie würde ich das Alleinsein auskosten, die Unabhängigkeit, den Seelenfrieden! Ich würde bei Regenwetter kultivierten Müßiggang pflegen, Musik hören, Gitarre spielen, lesen, einen guten Film anschauen; bei Sonnenschein im Park spazieren und mir in den konfliktgeladenen Gesichtern der Paare, die meinen Weg kreuzten, die Bestätigung dafür holen, daß Singles die glücklichsten Menschen sind. Und tief durchatmen. Tief durchatmen.

Eine unverhoffte Munterkeit befiel mich. Ich summte ein keckes Liedchen, fuhr mir lässig mit den Fingern durchs Haar und grinste mich im Spiegel an. Die zarte Pflanze meiner neuen Freiheit mußte würdig begossen werden, sagte ich mir. Da Verena meine letzte Flasche geleert hatte, beschloß ich, mich rasch anzuziehen und im Supermarkt um die Ecke neuen Sekt zu kaufen.

Die aus dem Regen kam

Draußen regnete es in Strömen. Einen Schirm in der Hand, wollte ich gerade aus dem Haus treten, als mein Blick auf eine junge Frau auf dem Gehweg fiel, die seltsamerweise direkt auf mich zurannte. Bevor ich den Grund ihrer Eile erkennen oder auch nur erahnen konnte, hatte sie mich erreicht und huschte, nach einem hastigen Blick zurück, an mir vorbei durch die halbgeöffnete Haustür. »Schnell! Tür schließen! Bitte schnell!« flüsterte sie flehentlich und rang nach Atem. In einem Anfall spontaner Hilfsbereitschaft tat ich, worum sie gebeten hatte, und schloß die Tür bitte schnell.

»Danke«, sagte sie. »Hören Sie! Da kommt er!«

Draußen war das saftige Klatschen schwerer Schritte auf dem nassen Bürgersteig zu hören, als jemand an der Haustür vorbeilief. »Das war der dicke Mann aus dem Supermarkt«, kommentierte sie sichtbar erleichtert. »Er ist mir gefolgt!«

»Aha«, erwiderte ich.

»Ich erkläre später. Erst mal muß ich ausatmen!«

Ich nickte.

Sie räusperte sich. »Ich habe eine Katze im Hals, von dem Rennen.« Sie sprach mit einem leichten Akzent. Ich tippte auf Französin.

»Hierzulande sagt man: einen *Frosch* im Hals«, meldete sich der Deutschlehrer in mir zu Wort.

Sie sah mich entschuldigend an. »So ein blödes Wetter«, sagte sie. »Es regnet wie eine Kuh, die pinkelt. So sagt mein Vater immer.«

»Welch eine hübsche Redewendung! Sie sind Französin?«

»Oui«, bestätigte sie meine Einschätzung. Von ihrem Haar fielen Wassertropfen auf den Boden.

»Kommen Sie«, sagte ich. »Sie sind ja klatschnaß. Sie werden sich noch erkälten. Am besten, Sie trocknen sich gründlich ab und fönen sich die Haare. Sofern Sie keine Angst haben, die Wohnung eines fremden Mannes zu betreten.«

Sie sah mir in die Augen. »Vor Ihnen habe ich keine Angst«, sagte sie, wobei sich die Katze in ihrem Hals wieder bemerkbar machte.

»Warum hat Sie der Mann da eigentlich verfolgt?«

Sie wand sich ein bißchen, anscheinend war ihr meine Frage peinlich. Schließlich zog sie eine Flasche Champagner unter ihrer Jacke hervor.

»Deshalb.« Sie lächelte mich verlegen an. »Ich hab' das noch nie gemacht in meinem Leben«, sagte sie so, daß ich bereit war, ihr zu glauben. »Gestohlen«, ergänzte sie. »Aber heute hatte ich keine andere Wahl.« Dann mußte sie zweimal niesen. Sie nieste, wie keine deutsche Frau niesen würde: »Itschuum! Itschuum!«

»Gehen wir hoch, bevor Sie sich einen Schnupfen einfangen!« schlug ich vor.

Sie folgte mir und verstreute ein paar nette Worte über meine Wohnung, während ich mich fragte, welche Situation ihr keine andere Wahl gelassen hatte, als eine

Flasche Schampus mitgehen zu lassen. Vielleicht war sie eine Kleptomanin? Ich holte ihr Handtücher, den Fön und einen meiner Trainingsanzüge, der bei der ersten Wäsche so brutal eingelaufen war, daß er ihr wahrscheinlich wie angegossen passen würde. Mir paßte er nicht mehr. Schlechte Ware, ein Geschenk von Verena, zu meinem letzten Geburtstag.

»Ihre nassen Klamotten packe ich in den Wäschetrockner«, sagte ich. »Der Trainingsanzug ist frisch gewaschen. Sie können sich im Arbeitszimmer umziehen und Ihr Haar fönen. Da ist neben der Tür eine Steckdose. Währenddessen mache ich uns ein spätes Frühstück. Einverstanden? Ich bin nämlich eben erst aufgestanden. Und wenn wir gegessen haben, sind Ihre Sachen wieder trocken.«

»Sie sind sehr freundlich«, antwortete sie, »aber machen Sie sich bitte wegen mir keine Umstände.«

»Nein, nein«, beruhigte ich sie, »ich wollte sowieso etwas essen. Soll ich uns einen Tee machen?«

»Non, nehmen wir doch den Champagne«, sagte sie kurz entschlossen und reichte mir mit einem strahlenden Lächeln das Diebesgut. »Stellen Sie ihn kühl für uns?«

Hocherfreut über die Entwicklung der Dinge stellte ich die Flasche in den Kühlschrank. Schampus war noch einen Tick edler als Sekt. Mir allein hätte ich ihn nicht genehmigt. Ich nahm mir vor, in Zukunft etwas großzügiger zu mir selbst zu sein, und begann, den Tisch zu decken.

Durch die angelehnte Schlafzimmertür drangen das

Rauschen des Föns und heiterer französischer Gesang. Ich fühlte, wie mir ein Werbespot kam, und schloß die Augen. Prompt sah ich folgende Bilder: Eine erotische Frau mit nacktem Oberkörper fönt sich, selbstvergessen und genießerisch. Der herrliche Fluß ihrer Haare in Zeitlupe. Sie lächelt. Der Fön macht sie glücklich – ihr entrücktes Lächeln zeigt es! Dann die verführerische Stimme einer Sprecherin: »*Tropic Wind!* Dieser Fön ist mehr als nur ein Fön. Er ist luftige Zärtlichkeit, die das Gesicht sanft umschmeichelt. Ein tropischer Wind voller Sinnlichkeit.« Dann der Produktname, das ganze Bild arrogant ausfüllend, flimmernd, fluoreszierend. Schnitt. Jetzt der *Tropic Wind*-Fön in Überlebensgröße, im Format einer Litfaßsäule, umringt von einem Dutzend barbrüstiger Haarschönheiten, die sich glücklich an ihn schmiegen, ihn streicheln und liebkosen. Und nun der Schlußgag: Ein ehrwürdiger Pater in rabenschwarzer Soutane kommt starräugig hinzu und schüttelt in blankem Entsetzen den kahlen Kopf über die barbrüstige Fönanbetung, den sündigen Götzendienst. Doch nach genaueren Blicken auf die Reize der tanzenden Damen beginnt er verständnisvoll zu lächeln, holt tatsächlich einen *Tropic Wind*-Fön unter seinem klerikalen Kleid hervor, zieht schelmisch grinsend den Monsignore-Hut und fönt sich genüßlich die Glatze.

Jeder hat seine Macken. Daß sich reale Situationen in meiner Phantasie manchmal zu Werbespots entwikkeln, ist eine von meinen. Ich verdiene Geld damit. Es ist besser, aus seinen Macken Kapital zu schlagen, als sie sich mühsam abzuschminken.

Champagnerfrühstück

Als die Französin aus dem Arbeitszimmer zurückkam, sah ich sie zum ersten Mal richtig an. Sie hatte ein apartes, ausdrucksvolles Gesicht mit einem schönen Mund und auffallend klaren, blauen Augen. Mein eingeschrumpfter Jogging-Anzug paßte ihr wie angegossen und brachte ihre Figur voll zur Geltung. Sie hielt mir charmant ihre feuchten Klamotten entgegen. Ich steckte sie in den Wäschetrockner und kam mit dem Champagner in der Hand zum Tisch zurück.

»Möchten Sie die Flasche öffnen?« fragte ich, um eine Souveränität vorzutäuschen, die es sich leisten kann, traditionelle Männeraufgaben getrost in Frauenhände zu legen.

Sie nickte, nahm sich die Flasche vor und öffnete sie schnell und professionell. Dann goß sie uns ein. Wir stießen an und lächelten uns zu.

»Das ist illegaler Champagne«, sagte sie, »aber ich habe keine Gewissensbisse. Heute ist mein Geburtstag, und dazu gehört unbedingt Champagne. Mein Tag fing nicht an, wie ein Geburtstag anfangen soll. Erst fuhr mir die Straßenbahn vor der Nase weg, dann fing es an zu regnen, dann war die zweite Straßenbahn vollgequetscht mit nassen Menschen, die husteten und niesten. Und als ich ausgestiegen war, merkte ich: Es fehlt meine Handtasche mit dem Geld und den Schlüsseln.

Oh, ich war vielleicht sauer! So was ist mir in Deutschland noch nie passiert.«

»Waren Sie schon bei der Polizei?«

»Boff«, sagte sie abschätzig. »Die Tasche ist weg! Mit oder ohne Polizei.«

»Was war denn alles in der Tasche?«

»Oh«, antwortete sie, »unter anderem mein Portemonnaie, mein Schlüsselbund, mein Ausweis und mein kleiner Stoffdelphin.« Sie atmete tief durch, als hätte sie den Verlust, vor allem den des kleinen Stoffdelphins, noch nicht ganz verschmerzt. »Und da stand ich nun im Regen vor dem Supermarkt«, fuhr sie fort, »ohne Geld, ohne Schlüssel. Das hieß: Ich konnte mir keinen Champagne kaufen und nicht mehr in meine Wohnung zurück.« Bei dem Gedanken schniefte sie vor Schmerz ein wenig. »Ich war sauer und traurig und plitschnaß – und das an meinem Geburtstag! Ich war zur Not bereit, auf alles zu verzichten, aber ein Geburtstag ohne Champagne ist eine Katastrophe! Mir blieb kein anderer Weg, als ihn zu klauen. Ich ging in den Supermarkt, faßte mir ein Herz und steckte schnell eine Flasche unter meine Jacke. Dann bin ich herzklopfend rausgegangen. Niemand hatte es bemerkt. Dachte ich erst. Doch dann drehte ich mich um, und da war dieser dicke Mann ein Stück hinter mir. Ich glaube, ich habe ihn vorher auch mal kurz im Supermarkt gesehen. Ich ging schneller, und er ging auch schneller, wie in den Filmen. Ich ging wieder langsamer, er auch. Als ich um eine Ecke bog und er mich nicht mehr sehen konnte, rannte ich sofort los.

Dann haben Sie plötzlich die Haustür geöffnet, und ich bin schnell reingelaufen.«

»Da kam ich ja genau im richtigen Moment«, sagte ich wenig geistreich. »Und wer ist dieser Dicke?«

Sie zuckte mit den Schultern. »Pff – keine Ahnung! Ich habe ihn nur kurz gesehen. Er war fett, hatte eine Halbglatze und einen riesigen Schnauzbart. Er sah ein bißchen aus wie Thanner, der Kollege von Schimanski.«

In diesem Augenblick wurde mir bewußt, daß ich noch nicht einmal wußte, wie mein unverhoffter Gast hieß.

»Übrigens, ich heiße Jan Berger«, stellte ich mich vor.

»Ah ja ... Delphine Laforêt«, sagte sie.

»Delphin?« erwiderte ich mit einem unwillkürlichen Grinsen. »Ist das Ihr Spitzname?« Vielleicht war sie eine gute Schwimmerin?

»Non, non«, sagte sie, »die meisten Leute grinsen hier, wenn sie meinen Namen hören. Dabei ist Delphine bei uns in Frankreich ein ganz normaler Mädchenname, so wie Colette, Michelle oder Nadine. Niemand denkt an einen Delphin dabei. Auf französisch heißt ein Delphin ›dauphin‹, das schreibt sich ganz anders.«

»Und der kleine Stoffdelphin in Ihrer gestohlenen Tasche?«

»Der? Den hat mir ein deutscher Freund geschenkt!«

»Weil er Ihren Namen mißverstanden hat?«

»Vielleicht«, sagte sie knapp, so als sei das Thema damit für sie abgehandelt. »Erzählen Sie lieber von sich!«

Was sollte ich über mich erzählen? Am besten fing

ich ganz von vorn an. »Ich wurde in einer Mansardenwohnung geboren. Vielleicht fühle ich mich deshalb in Dachgeschossen am wohlsten. Meine Nabelschnur wickelte sich während der Wehen zweimal um meinen Hals und würgte mich so sehr, daß ich fast bei meiner Geburt erstickt wäre. Mein Gesicht war schon bläulich angelaufen, als ich endlich erschien. Die Hebamme packte mich bei den Füßen und gab mir ein paar Klapse auf den Po, damit ich schrie und zu atmen begann. Ich tat beides und noch ein drittes: Ich ließ in hohem Bogen Wasser. Schließlich kam ich im Zeichen des Wassermanns auf die Welt.«

»Ich wurde in einem Krankenhaus geboren«, sagte Delphine. »Ich war das schwerste Bébé im Hospital, ich wog neun Pfund. Die Schwestern nannten mich ›la grosse‹, Pummelchen, wenn sie von mir sprachen.«

»Sie haben sich sehr zu Ihrem Vorteil verändert«, raspelte ich Süßholz. Ich hob mein Champagnerglas, sie ihres. Wir stießen an, und ich sagte: »Auf Ihren Geburtstag!« Wir tranken, und dann bat sie mich, in meiner Biographie fortzufahren. Ich beschloß, mich kurz zu fassen und einen großen Sprung in die unmittelbare Gegenwart zu machen. »Ich hatte ein durchaus gutes Leben, bis ich vor einem knappen Jahr den süßen Fehler beging, mich in eine attraktive Biologie-Studentin zu verlieben. Sie trat mit der Berufung in mein Leben, mich im Namen der Liebe zu einem nervlichen Frührentner zu machen. Doch ihre Mission ist gescheitert. Sie weiß es zwar noch nicht, aber – es ist Schluß!«

»Für immer und ewig?« fragte Delphine.

Ich nickte entschlossen.
»Wann wollen Sie es ihr sagen?«
»Bei der nächsten Gelegenheit«, antwortete ich.

Unverhofft kommt oft

Keine zehn Minuten später steckte jemand von außen einen Schlüssel in das Schloß der Wohnungstür. Da nur Verena einen Zweitschlüssel hatte, konnte ich mich einige Sekunden lang auf ihr überraschendes Erscheinen einstellen.

»Hallo, Verena. Das ist Telepathie! Eben habe ich noch von dir gesprochen! Darf ich dir Delphine vorstellen?« begrüßte ich sie übertrieben schwungvoll, nach dem ersten kurzen Schreck entzückt über ihr Kommen. Tauchte sie nicht wie gerufen auf? Mausetot in der Badewanne hatte sie mich leider nicht aufgefunden, aber quietschlebendig mit einer aparten jungen Frau am Frühstückstisch war ich auch nicht ohne.

»So, du hast von mir gesprochen«, stellte sie säuerlich lächelnd fest. »Ich hoffe, nichts Nachteiliges.«

Ich warf einen scharfen Blick auf Verenas Gesicht. Sie sah müde aus, als hätte sie der Nacht zu tief in die Augen gesehen. Das war gut. Wenn sie ausgepowert war, fehlte ihr die Kraft, ihre Nervensäge auf volle Touren zu bringen. Obwohl man bei ihr nie wußte, was auf einen zukam.

Verenas Blick fiel auf die Schampusflasche. »Ich sehe, ihr vergnügt euch«, konstatierte sie gefährlich sanft.

»Du hast dich ja bereits vergnügt«, konterte ich, »letzte Nacht.«

Verena ließ einen mittelgiftigen Blick auf mich los.

Delphine saß da, als würde sie das alles überhaupt nichts angehen, was mir gefiel. Vielleicht war das die berühmte französische Nonchalance.

»Nur weil ich mal eine Nacht tue, was ich will, brauchst du nicht gleich mit dieser *Tussi* ins Bett zu springen«, fauchte Verena plötzlich ohne Vorwarnung und stampfte rumpelstilzchenhaft auf dem PVC-Boden herum – vermutlich eine Nebenwirkung des Flamenco-Kurses, den sie seit einem halben Jahr frequentierte. Delphine warf ihr einen irritierten Blick zu. Mir fehlten vorläufig die Worte.

»Und daß du ihr ausgerechnet meinen Jogging-Anzug zum Anziehen gibst, ist doch wohl der Gipfel deiner ... deiner ...« Verena suchte nach einem Substantiv, das stark genug war, um das ganze Ausmaß meiner Verderbtheit auszudrücken.

»Meiner Charakterlosigkeit?« schlug ich vor. »Meiner Unverschämtheit? Meiner Geschmacklosigkeit?«

»Deiner Impertinenz!« entschied sie sich. Fremdwörter machen sich immer gut in heiklen Situationen, sie suggerieren Überlegenheit.

»Einspruch, Euer Ehren: Es ist *mein* Jogging-Anzug«, hielt ich fest, »Geschenke gehen nach der Übergabe in den Besitz des Beschenkten über. Und mit meinen Sachen kann ich machen, was ich will.«

»Mit meinen Gefühlen aber nicht!« stieß Verena hervor und schleuderte einen gemeingefährlichen Seitenblick auf Delphine.

Ich ächzte genervt. »Wer quält hier eigentlich wessen

Gefühle? Wer geht siebenmal für immer fort und kommt siebenmal zurück?«

»Viermal«, versuchte sie mich herunterzuhandeln.

»Mindestens sechsmal«, kam ich ihr einen Schritt entgegen.

»Höchstens fünfmal«, log sie. »Du machst wieder aus einer Mücke ein Mammut!«

»Viermal war schon zuviel«, beendete ich die unwürdige Feilscherei. »Man kommt nicht immer wieder, wenn man immer wieder sagt, daß man nie wiederkommt. Du bist es, die mit den Gefühlen anderer Leute spielt!«

»Ich bin halt ein paarmal ausgerastet, mein Gott! Da sagt man Dinge, die man nicht so meint!«

»Aber nicht siebenmal!«

»Maximal fünfmal!«

Verena war eine der attraktivsten Frauen, die ich kannte, aber die Liebe zu ihr war, wie ich reichlich spät erkannt hatte, eine emotionale Achterbahnfahrt gewesen, die mich fast um Glück und Verstand gebracht hätte. Doch das war nun vorbei, und ich war froh darüber. Ich brauchte keine nervenzermürbende Dramatikerin der ungültigen Trennungen, ich brauchte keine Frau, die immer nur an sich und ihr Glück dachte. Es war Zeit, daß ein neues Stück auf den Spielplan kam.

Das übergelaufene Faß

Um eine Eskalation der Peinlichkeiten zu verhindern, entschloß ich mich, die Auseinandersetzung nicht in Delphines Anwesenheit weiterzuführen. Ich stand auf, nahm Verena sanft, aber entschlossen beim Arm und bugsierte sie ins Arbeitszimmer.

»Verena«, sagte ich und schloß die Tür hinter uns, »es ist total egal, wie oft du mich für immer verlassen hast, ob viermal oder sechsmal. Jetzt verlasse ich dich, und zwar zweimal: zum ersten und letzten Mal!«

»Wegen deiner Tussi da?« entrüstete sie sich theatralisch, ohne den Ernst der Lage zu verstehen. »Ist sie so gut im Bett?«

»Sie ist weder meine noch sonst eine Tussi«, antwortete ich ruhig, »und über ihre sexuellen Qualitäten kann ich dir keine Auskunft geben. Ich kenne sie erst seit einer halben Stunde, ob du's glaubst oder nicht.« Ich hatte den Eindruck, Verena glaubte es nicht, aber das war mir egal. »Es ist nicht wegen ihr, sondern wegen dir!«

Verena sah mich ungläubig an. »Ist das dein Ernst?«

Ich nickte. Sie zog die Stirn in Falten und schüttelte nervös den Kopf, als könne sie nicht fassen, was ihr soeben widerfuhr. Um keine Zweifel an meiner Entschlossenheit aufkommen zu lassen, bat ich sie um die Rückgabe des Wohnungsschlüssels, den ich ihr in besseren Zeiten als Vertrauensbeweis und Liebespfand überlassen hatte. Sie starrte mich erst fassungslos an. Dann ließ sie ihn mit verächtlicher Miene auf den Teppichboden plumpsen und sagte nur ein Wort: »Männer!«

»Frauen!« ergänzte ich der Vollständigkeit halber. »Glaubst du, ich weiß nicht, wohin du immer gegangen bist, wenn du mich ›endgültig‹ verlassen hattest? Du warst bei Max, bei deinem süßen Mäxchen!«

Sie strafte mich mit einem genervten Blick. »Das ist doch wohl mein Ding, wohin ich gehe!«

»Ist es nicht nur!« widersprach ich. »Jemanden lieben heißt, seine Gefühle achten, doch davon willst du partout nichts wissen!« Mir lagen weitere Vorwürfe auf der Zunge, die ich jedoch dort liegen ließ.

Verena tat sich hingegen keinen Zwang an. »*Du* mußt gerade von der Achtung für die Gefühle des anderen reden! *Du* hast mir doch von Anfang an meine Freiheit und meine Freunde nicht gegönnt!« Verena fixierte mich mit blitzenden Augen. »Ich kannte Max bereits, bevor ich dich kennenlernte. Max war schon damals ein guter Freund, der für mich da war, wenn ich ihn brauchte, und das ist er auch heute noch. Trotz deiner krankhaften Eifersucht!«

»Nicht krankhaft. Realistisch«, korrigierte ich sie. »Max und dein Freund! Dein Spielzeug, dein Hampelmann, dein Machtobjekt, solltest du sagen! Wie lange willst du den armen Kerl eigentlich noch hinhalten? Oder hast du ihm heute nacht seinen Traum erfüllt?« Ich blickte ihr forschend in die Augen und hatte den

Eindruck, mit meiner Vermutung nicht ganz falsch zu liegen. Plötzlich sah ich die letzte Nacht vor meinem inneren Auge wie auf zwei Monitoren: Auf Monitor 1 Verena und Max, in lustvoller Umarmung, sich auf Maxens Bett wälzend. Auf Monitor 2 ich mit schrumpeliger Haut in rötlichem Badewasser, vergeblich auf Verena wartend. Ein deprimierendes Programm.

Max, ein Konditionswunder der Marke ›Früher-oder-später-kriege-ich-jede-rum‹, hechelte schon seit anderthalb Jahren wie ein verhungernder Kojote hinter Verena her, und sie sagte nicht nein, aber auch nicht ja. Diese Geschichte war so blöde, daß es einem die Strumpflöcher zusammenzog. Verena genoß es, daß Max sie um jeden Preis in sein Bett kriegen wollte, aber noch mehr genoß sie die Macht über ihn, die er ihr damit gab. Sie weckte in ihm Erwartungen, die sie nicht erfüllte, verpaßte ihm hier eine kleine, süße Demütigung, da eine allerliebste Erniedrigung, warf ihm aber immer dann ein Bonbon zu, wenn er kurz davor schien, das Handtuch zu werfen. Dieses Bonbon mußte allerdings von Mal zu Mal besser schmecken, um Mäxchen bei der Stange zu halten. Irgendwann brachte es der vielversprechendste Blick nicht mehr, und ein zärtlicher Wangenkuß war angesagt. Dann mußte ein Lippenkuß her, schließlich der erste scheue Zungenkuß. Die Dosis mußte nach und nach gesteigert werden, um die Wirkung zu erhalten. Verenas Lustgewinn bei diesem seltsamen Spiel bestand darin, Max den von ihm erhofften Lustgewinn so lange wie möglich vorzuenthalten. Seine Hartnäckigkeit, die einen eklatanten Mangel an Selbstachtung offenbarte, interpretierte Verena als Beweis ihrer Unwiderstehlichkeit.

»Also gut: Ich war letzte Nacht mit Max zusammen«, gab Verena nach verdächtigem Zögern zu, »aber nicht die ganze Nacht – und nicht so, wie du denkst.«

»Wie denke ich denn?«

»Wie alle Männer denken.«

»Es ist mir egal, ob du die Nacht so verbracht hast, wie du denkst, daß ich und alle Männer denken. Es geht um deinen dramatischen Abgang gestern abend! Das war der Tropfen, der das Faß zum Überlaufen gebracht hat.«

»Welches Faß?«

»Das Faß, in das du deine Streitsucht, deinen Maxismus und deine endgültigen Abschiede eingefüllt hast: meine Seele!«

Sie sah mich an, als würde ihr urplötzlich bewußt, daß ich meinte, was ich sagte. Es war der Blick eines kleinen Mädchens, dem man sein liebstes Spielzeug wegzunehmen droht, und er ging mir ganz gegen meinen Willen unter die Haut. Impulsiv nahm ich sie bei den Armen, zog sie an mich und gab ihr einen zärtlichen Abschiedskuß auf die Stirn. »Es tut mir leid, Verena«, sagte ich und meinte es auch so. »Wir hätten mehr daraus machen können. Ich wünsch' dir viel Glück.«

»Ist das alles?« murmelte sie verstört.

Ich nickte sanft, aber entschlossen.

»Dann gehe ich jetzt«, flüsterte sie.

Ich machte keine Anstalten, sie daran zu hindern. Sie warf mir einen seltsamen Blick zu, gab sich einen Ruck, straffte ihre Haltung und ging zur Wohnungstür. Es war ihr typischer Gang, mit dem sie mir noch einmal zeigen wollte, was mir entging. An der Tür blieb sie stehen, drehte sich aber nicht um, als wolle sie mir eine letzte Chance geben, sie zurückzurufen. Schließlich zuckte sie mit den Schultern und warf die Tür hinter sich zu.

Eigentlich hätte ich erleichtert sein müssen, meinen Entschluß, mit Verena zu brechen, erfolgreich in die Tat umgesetzt zu haben. Statt dessen fühlte ich mich eher etwas traurig. Ich bückte mich, hob den Schlüssel auf und legte ihn auf den Schreibtisch. Dann nahm ich das oval gerahmte Foto von Verena in die Hand, sah es mit gemischten Gefühlen an und brachte es fürs erste in der untersten Schublade unter.

Geburtstagsthemen

Als ich mich wieder zu Delphine an den Tisch setzte, um unser jäh unterbrochenes Geburtstagsfrühstück fortzusetzen, schenkte sie mir ein so ansteckendes, heiteres Lächeln, daß meine Beklommenheit schnell verflog.

»Ich muß mich für Verena entschuldigen. Sie hat Sie nur deshalb ›Tussi‹ genannt, weil sie die Situation zwischen uns falsch eingeschätzt hat.«

»Ich habe das Wort noch nie gehört«, sagte Delphine, »was bedeutet es? Ist es eine Beschimpfung?«

»Ich weiß eigentlich nicht, was Tussi heißt, aber ich werde es nachschlagen.« Ich holte das Wörterbuch aus dem Regal. »Tussi ist eine saloppe Kurzform von Thusnelda.«

»Oh«, machte Delphine. »Ich bin also eine Thusnelda. Was ist eine Thusnelda?«

»Das ist ein veralteter deutscher Frauenname. Mehr weiß ich auch nicht.«

Delphine schien sich mit dieser Auskunft zu begnügen und fragte: »Haben Sie Verena gesagt, daß es aus ist?«

»Ja, das habe ich getan. Aber lassen Sie uns jetzt nicht mehr darüber reden. Das ist kein Geburtstagsthema. Alors, je vous souhaite beaucoup de bonheur et d'amour!« packte ich die Restbestände meiner Französischkenntnisse aus.

»Vous parlez français? Pourquoi est-ce que vous ne me l'avez pas dit plutôt?« antwortete sie überrascht.

»Ah«, suchte ich nach Worten, »je ne parle plus bien. Il me manque de l'exercice. Sie sprechen zehnmal besser Deutsch, als ich Französisch! Wo haben Sie eigentlich so gut Deutsch gelernt?«

»Ich bin schon ziemlich lange in Deutschland, und vorher habe ich Deutsch studiert, in Lyon.« Sie lächelte. Überhaupt lächelte sie gern – auf eine Art, wie ich es schon sehr lange nicht mehr gesehen hatte. Unschuldig war es, ihr Lächeln, arglos. Dabei ein Blick, als gäbe es kein Elend auf der Welt, himmelblau, klar und offen, eine magnetische Mischung aus hellwach und verträumt. »Aber ich mache noch ganz schön viele Fehler mit meinem Deutsch«, fuhr sie fort. »Manchmal, wenn ich was erzähle, lachen die Leute laut. Eigentlich wollte ich gar nicht Deutsch, sondern Kunst studieren, an der Ecole des Beaux Arts in Mâcon. Aber ich habe mein Abitur schon mit siebzehn gemacht, und meine Eltern meinten damals, ich wäre zu jung, um diese Schule zu besuchen.«

»Warum zu jung?«

»Die Ecole war damals ziemlich verrufen. Da liefen angeblich viele schräge Vögel rum, wissen Sie. Und meine Eltern haben Angst gehabt, das wäre ein schlechter Einfluß für mich. Ich war nämlich ziemlich naiv und kannte das Großstadtleben nicht. Wenn ich meine heutige Reife damals gehabt hätte, wäre ich auf diese Schule gegangen.«

»Bereuen Sie, daß Sie es nicht getan haben?«

Sie nickte. »Oui. Dann wäre ich auch nicht nach Deutschland gelandet.«

»Das hört sich so an, als seien Sie nicht gerne hier.«

»Doch, doch«, sagte sie lächelnd.

»Aber?« hakte ich nach.

»Manchmal frage ich mich wirklich, was ich hier mache.«

»Warum sind Sie eigentlich nach Deutschland gekommen?«

»Uuuhhh«, machte sie. »Also, es war so: Mein Vater war im zweiten Weltkrieg Gefangener in Norddeutschland. Dreißig Jahre später bekam er Lust, einige Leute, die er während seiner Gefangenschaft kennengelernt hatte, wiederzusehen. So sind wir, meine Familie und ich, als ich fünfzehn Jahre alt war, nach Norddeutschland gefahren – in so ein kleines Nest. Mein Vater traf dort tatsächlich ein paar Leute von damals wieder. Deren Kinder haben mich und meine Schwester später jeden Sommer zu sich eingeladen. Wir sind auch gekommen, und irgendwann bin ich dann in Deutschland hängengeblieben.«

Der dicke Mann

Als uns der Champagner ausgegangen war, erbot ich mich, eine zweite Flasche aus dem Supermarkt um die Ecke zu holen. Es sollte *mein* Geburtstagsgeschenk für Delphine sein, die am Schluß ihrer Erzählung ein wenig melancholisch geworden zu sein schien. Rasch eilte ich die Treppen hinunter und öffnete die Haustür, durch die Delphine in mein Leben gelaufen war.

Es hatte aufgehört zu regnen. Auf halbem Weg zum Supermarkt fiel mir ein Mann auf dem gegenüberliegenden Gehweg ins Auge. Er stand auffällig unauffällig gegen eine Litfaßsäule gelehnt und beobachtete die Straße. Ich schaute ihn mir genauer an: ein feister Endvierziger mit Halbglatze und einem gigantischen Schnauzbart. War das womöglich der Mann, der Delphine verfolgt hatte? Aber ein Kaufhausdetektiv hätte doch unmöglich so lange gewartet – bloß wegen einer Flasche Champagner. Wer war der Fremde dann? Ein Polizist vielleicht? Wurde sie wegen irgend etwas observiert?

Ich ging weiter, und je näher ich dem Schnauzbart kam, desto mehr fiel mir auf, daß er tatsächlich frappierende Ähnlichkeit mit Thanner aus dem ›Tatort‹ hatte. Der mysteriöse Verfolger war also noch nicht ganz abgeschlagen, aber dem konnte abgeholfen werden. Delphines erfrischende, schwungvolle Art und der

Champagner hatten mich übermütig gemacht, und wenn ich übermütig bin, glänze ich durch spontane Tatkraft und sprühende Ideen. Schnurstracks steuerte ich auf den dicken Herrn zu, um ihn von der noch warmen Spur abzulenken.

»Guten Tag. Entschuldigen Sie, aber ich möchte Sie etwas fragen: Wissen Sie, an wen Sie mich erinnern?« sprach ich ihn an.

Er musterte mich kurz und schnaufte ungnädig.

»Sie erinnern mich an Thanner, den Kollegen von Schimanski«, sagte ich unaufgefordert.

Er sonderte ein gefährliches Brummen ab.

»Auch dieses Brummen!« konstatierte ich, »genau wie bei Thanner! Unglaublich. Sie observieren die Straße, nicht wahr?«

Er gönnte mir einen etwas längeren Blick.

»Sind Sie etwa auch ein Bulle?«

Er lachte. Zynisch. So wie kein Bulle lachen würde, den man fragt, ob er ein Bulle sei, nicht mal ein zynischer Bulle. Ich tippte auf Privatdetektiv. »Wie schön, daß Ihnen das Lachen noch nicht vergangen ist«, beglückwünschte ich ihn.

»Oh, Mann«, knurrte er, »schieb ab, du nervst!«

»Welch rüder Ton, der Herr!« tadelte ich ihn. »Als Detektiv sollten Sie einen potentiellen Informanten von einer Nervensäge unterscheiden können! Kein Wunder, daß es mit Ihnen nicht aufwärts geht.« Daß er ein Schnüffler war, schien mir immer wahrscheinlicher, und daß er existentielle Aufstiegsprobleme hatte, stand ihm auf der kahlen Stirn geschrieben. Seinem Blick nach zu urteilen, hatte ich mit beiden Vermutungen ins Schwarze getroffen. Er sah mich mit einer gewissen Verblüffung an und fragte in weitaus menschenfreundlicherem Tonfall: »Wer zum Teufel sind Sie?«

»Ein bescheidener Arbeitsloser«, ließ ich ihn wissen, »der zufällig in dieser Straße wohnt. Ich hab' viel Zeit und sitz' oft stundenlang am Fenster und zieh' mir rein, was auf dem Asphalt so abläuft. Ist manchmal wie im Fernsehen! Zum Beispiel vor zwei Stunden, da kam eine junge Frau mit einem Affenzahn um die Ecke gepest, als sei der Teufel hinter ihr her. Und dann, etwas später, kam der Teufel tatsächlich! Er sah anders aus, als man sich einen Teufel vorstellt. Er war extrem vollschlank und versuchte, seinen Mangel an Kopfhaar durch einen Mega-Schnäuzer zu kompensieren. Und er war langsam. Zu langsam. Denn als er um die Ecke wackelte, war die Frau nicht mehr zu sehen. Sie schien sich in Luft aufgelöst zu haben! Ja wirklich, manchmal ist es wie im Fernsehen!«

Jetzt nahm er mich ernst. »Also gut«, sagte er, »ich habe Sie falsch eingeschätzt.«

»Kann passieren«, erwiderte ich verständnisvoll.

»Haben Sie gesehen, wohin die junge Frau lief?« fragte er.

Ich nickte bedächtig.

»Gut! Und wohin ist sie gelaufen?«

»Fünfzig Mark«, forderte ich und grinste ihn breit an, »eine kleine Spende für einen Erwerbslosen, eine ehrenwerte soziale Geste.«

Er kratzte sich an der Nase, zog schließlich einen

Fünfziger aus seinem Portemonnaie und steckte ihn mir stöhnend in die Brusttasche, nicht ohne ihn vorher verächtlich zu zerknüllen.

»Also, wo ist sie hin?«

»In das grüne Haus da vorne, Nummer 12, die Haustür war angelehnt. Sie schloß die Tür von innen. Dann kamen Sie um die Ecke. Als Sie vorbei waren, huschte sie wieder heraus, eilte um die Straßenecke zurück und ließ Sie ins Leere laufen. Die Dame hat Sie filmreif ausgetrickst, mein Guter! Sie vergeuden hier nur Ihre kostbare Zeit.«

Er grunzte etwas Unflätiges in den Walroßbart. »Ich will mein Geld zurück«, sagte er dann energisch, »das ist keine verwertbare Information!«

»Kommt nicht in Frage«, hielt ich mindestens genauso energisch dagegen, »das ist ein Tip, der Ihnen hilft, Zeit zu sparen, und Zeit ist Geld. Ohne mich würden Sie sich hier vielleicht noch stundenlang die Beine in den Bauch stehen. Ihre Schuhe sind klatschnaß, und Sie können endlich Feierabend machen. Das erspart Ihnen außerdem noch eine Erkältung. Was wollen Sie mehr für fünfzig Mark?«

Das geheime Walten der Vorsehung

Von dem ersten Informantenhonorar meines Lebens erstand ich im Supermarkt eine Flasche Champagner. Mit dem Wechselgeld kaufte ich im Blumenladen nebenan zwei Stargazer-Lilien, meine Lieblingsblumen – wahre Glanzleistungen floristischer Zuchtkunst, die perfekte Schönheit mit einem paradiesischen Duft verbinden.

Als ich die Straßenecke erreichte, registrierte ich zufrieden, daß der Privatdetektiv sich getrollt hatte. Auf den nächsten Metern gönnte ich mir einen tiefen Blick in das geheime Walten der Vorsehung. Und schon erkannte ich den verfetteten Schnüffler als einen unfreiwilligen Kuppler des Schicksals. Er hatte Delphine verfolgt und sie wie ein flüchtendes Reh geradewegs in meine Arme getrieben. Das hatte er gut gemacht. Und anstatt ihn dafür zu belohnen, hatte ich ihn auch noch vor lauter Übermut dafür blechen lassen! Der an mich gezahlte Fünfziger würde auf seiner Spesenabrechnung unter dem Verwendungszweck ›Informantenhonorar‹ wieder auftauchen. Der Empfänger dieser Rechnung war der geheime Motor der komplizierten Maschinerie, deren Funktion es gewesen war, Delphine und mich zusammenzuführen. Hätte dieser große Unbekannte den feisten Detektiv nicht damit beauftragt, Delphine zu beschatten, hätte der Dickmann nie und nimmer seine Pfunde auf Trab gebracht, um die Französin in meinen Hausflur zu scheuchen.

Ich war so geblendet von der Leuchtkraft meiner metaphysischen Einsichten, daß ich aus Versehen bei mir selbst klingelte. Schnell schloß ich die Haustür auf und eilte, drei Stufen auf einmal nehmend, in den ersten Stock hinauf, wo ich seit drei Jahren eine Maisonnette-Wohnung habe, deren bester Bereich das geräumige Atelier ist, das ich über eine Wendeltreppe erreiche. Dieses urgemütliche Mansardenzimmer, das ich wegen seiner orientalisch anmutenden Einrichtung gern Nirwana nenne, ist mein Reich und Refugium, mein warmes Zelt in einer kalten Welt. Im unteren Stock wohne ich, im oberen lebe ich. Unten empfange ich die meisten Besucher; nach oben nehme ich nur Gäste mit, die ich näher kenne oder näher kennenlernen möchte. Delphine war ein Gast, den ich näher kennenlernen wollte, aber ich mochte keine Prognose darüber wagen, inwieweit mein Wunsch von ihr erwidert wurde. Sicher, sie war herzerfrischend charmant und freundlich zu mir, aber bestimmt nicht nur zu mir. Einmal hatte ich geglaubt, in ihren Augen so etwas wie echtes Interesse an mir aufleuchten zu sehen. Doch vielleicht hatte sie sich auch nur mit diesem Blick für meine Hilfe bei ihrer Flucht vor dem Schnüffler bedanken wollen. Womöglich war unser gemeinsames Frühstück bereits der Höhepunkt unserer Begegnung; vielleicht würde sie bald schon gehen, und ich würde sie nie mehr wiedersehen.

Im Nirwana

»Voilà«, sagte ich, überreichte Delphine die Lilien und stellte den Champagner auf den Tisch, »zum Geburtstag für dich.«

Ihre Sachen waren inzwischen getrocknet, und sie hatte sie wieder angezogen und den Jogging-Anzug schön zusammengefaltet auf einen Stuhl gelegt. Sie sah betörend aus, und mir stockte der Atem bei ihrem Anblick und weil ich es gewagt hatte, sie zu duzen, und nicht wußte, wie sie darauf reagieren würde. Würde sie es als unhöflich empfinden? Oder vielleicht als plumpen oder aufdringlichen Annäherungsversuch?

»Oh«, sagte sie und strahlte, »uuhm, die duften!« Wieder sah sie mich mit diesem unglaublichen Blick an, und dann sagte sie: »Merci, Jan. Das ist aber wirklich lieb von dir.«

Mein Herz klopfte wie das eines verliebten Schuljungen. Sie hatte mein *du* erwidert! Und dann die Art, wie sie meinen Namen gesagt hatte! So, wie ich ihn noch nie gehört hatte, eben à la française und zugleich, wenn ich mich nicht täuschte, auch ein wenig zärtlich. Ich mußte unwillkürlich lächeln, und gleichzeitig wurde mir buchstäblich warm ums Herz vor plötzlichem Glück.

Um die Stimmung nicht zu zerstören, entschied ich mich, ihr erst einmal nichts von dem Privatdetektiv zu erzählen. Sie hatte schon genug Ärger an ihrem Geburtstag gehabt, sie war (zum ersten Mal in Deutschland) bestohlen worden und hatte (zum ersten Mal in ihrem Leben) stehlen müssen, war verfolgt worden und hatte fliehen müssen. Gebt den Geburtstagskindern das Gute und haltet das Schlechte von ihnen fern, damit sie das Gute auch genießen können, dachte ich mir, stellte den Schampus kühl und die Lilien in eine Vase.

»Gerade eben hat jemand bei dir geklingelt«, sagte sie, als wir von neuem angestoßen hatten. »Erst dachte ich, daß du es bist, aber du hattest ja einen Schlüssel mitgenommen. Dann dachte ich, es ist Verena, aber die hat ja auch einen Schlüssel.«

»Hat sie nicht mehr«, sagte ich. »Ich habe ihn mir von ihr zurückgeben lassen.«

»Oh«, sagte sie, »du meinst es wirklich ernst.«

»Ja, aber glaub jetzt nicht, ich sei herzlos! Ich bin nicht so hart, wie ich vielleicht wirke.«

»Wieso solltest du hart wirken?« fragte sie und zeigte wieder dieses phantastische Lächeln.

»Ich meine ...«, suchte ich nach Worten, »wegen Verena, wegen meines Verhaltens ihr gegenüber. Es fällt mir nicht so leicht, wie es aussieht, mich von ihr zu trennen. Es ist nur ... es ist unvermeidlich. Ich komme mit ihr einfach nicht klar. Sie hat gewisse Eigenarten, die ich nicht verkraften kann. Eigentlich weiß ich das schon länger, ich wollte es nur nicht wahrhaben.«

»Sich trennen ist schwierig«, sagte Delphine.

»Ich krafte es schon ver«, erwiderte ich, um zu chekken, ob sie meinen happigen Grammatikfehler bemerkte.

Sie erkannte ihn und meine listige Absicht: »Falsch! Be-, emp-, ent-, er-, ge-, ver-, zer- sind untrennbare Partikel«, belehrte sie mich schmunzelnd, kehrte dann aber gleich zum Thema zurück: »Wie lange wart ihr denn zusammen?«

»Fast ein Jahr. Aber laß uns jetzt nicht darüber reden. Komm, ich will dir was zeigen! Ich hab' oben noch ein Atelier, willst du es sehen?«

Sie nickte zustimmend. Ich klemmte mir die Flasche unter den Arm, nahm die Gläser in die Hände und führte Delphine ins Nirwana.

»Oh, das ist schön hier!« sagte sie und sah sich bewundernd um. »Hast du das alles selbst eingerichtet?« Ich bejahte geschmeichelt und deponierte die Champagnergläser auf dem Tisch. Delphine goß uns ein. Dann setzten wir uns und tranken auf die deutsch-französische Freundschaft.

In diesem Augenblick klingelte das Telefon. Ich machte eine Geste des Bedauerns, ging nach unten und nahm ab. Es war Pablo. Er fragte, wie es mir gehe und ob ich das Buch von Dostojewski schon gelesen hätte, das er mir geliehen hatte. Das war normal, Pablo brauchte immer seine Einleitungszeremonie, bis er zu dem kam, was er eigentlich sagen wollte. Aber seine Stimme klang nicht normal. Ich hatte das Gefühl, daß ihn etwas bedrückte.

»Was ist los, Pablo? Ist dir was über die Leber gelaufen?«

»Du, Jan, ich muß mit dir reden.«

»Das tust du bereits.«

»Ich meine, nicht am Telefon. Kann ich zu dir kommen?«

»Das geht jetzt nicht. Ich hab' Damenbesuch.«

»Aah ... Blöd! Ich meine, schön für dich. Dann komme ich, wenn die Dame gegangen ist. Rufst du mich dann an?«

»Okay«, versprach ich, »ich ruf' dich an. Aber ehrlich gesagt, ich hoffe, sie bleibt noch ein bißchen.«

»Vergiß es nicht«, mahnte Pablo, »mir liegt was auf der Seele.«

»Versprochen«, sagte ich und legte auf. Und vergaß seinen Anruf in dem Augenblick vollkommen, als ich wieder oben bei Delphine war.

Als Französin in Deutschland

»Wie lebt es sich eigentlich als Französin in Deutschland?« nahm ich den Gesprächsfaden wieder auf.

»Oh«, sagte Delphine, »am Anfang war es nicht so leicht, vor allem wegen der Sprache. Ich war noch nicht so gut im Deutschen und brauchte meine Zeit, um einen Satz zu formulieren. Und dabei bin ich öfter unterbrochen worden. Vielleicht kannte ich auch damals die falschen Leute. Jedenfalls hab' ich mir gesagt: Dann erzählst du eben gar nichts. Dadurch bin ich zurückhaltender geworden, fast schüchtern, aber das hat mir auf Dauer nicht gefallen. Also hab' ich mich eines Tages entschlossen: Ab jetzt setzt du dich durch! Jetzt sagst du, was du denkst. Und wenn einer dich unterbricht, sagst du: Pardon, aber ich habe noch nicht zu Ende gesprochen. Seitdem geht es gut, auch weil ich besser Deutsch spreche.«

»Was waren eigentlich deine ersten Eindrücke, als du hierher kamst?«

»Einige Male waren meine Schwester und ich bei ein paar reichen Familien zum Essen eingeladen, aber das Essen war jedesmal ziemlich schlecht, und im Keller hatten sie keinen Champagne, nicht einmal Rotwein. Dabei waren ihre Speisekammern immer riesenvoll mit Lebensmittelvorräten. Da standen zwanzig Packungen Mehl, dreißig Packungen Zucker und Salz herum, Reis,

Bohnen, Linsen, Berge von Fleischkonserven und so weiter – alles in Unmengen, als könnte morgen der Krieg hereinbrechen. Und kalt war es in Deutschland, als wir herkamen. Das war damals im Juli und August, da ist es in Burgund immer sehr warm. Wir hatten keine Socken und Pullover mitgenommen, weil wir uns nicht vorstellen konnten, daß es hier im Sommer so kalt sein würde. Unsere Mutter mußte uns ein Paket mit warmen Sachen nachschicken.«

»Und wie findest du die Deutschen?«

»Sie sind nett zu mir, freundlich, obwohl sie hören, daß ich keine Deutsche bin. Sie geben mir nicht das Gefühl, eine Ausländerin zu sein. Als Französin wird man in Deutschland gut behandelt, gleichberechtigt. Die Türken und die Polen stehen da schon eine Stufe tiefer, und ganz unten sind die Asylanten.«

»Und wie gefallen dir die deutschen Männer?«

»Sie sind anders als die Männer bei uns, zurückhaltender, vorsichtiger. Wenn ich zum Beispiel in Frankreich Zug fahre, spricht mich garantiert jemand an und versucht mit mir zu flirten. Das ist einfach so üblich. Die deutschen Männer sind dagegen eher schüchtern. Wenn ich hier im Zug sitze, sehen sie mich oft genau an, aber wenn sie merken, daß ich es merke, schauen sie meistens weg, als hätten sie etwas Verbotenes getan. Vielleicht hat das auch mit den deutschen Frauen zu tun.«

Deutsche Frauen waren ein Thema, das mich schon immer interessiert hatte, und nun ergriff ich die Chance, meinen Horizont um eine weibliche französische Perspektive zu erweitern, indem ich schlicht und einfach »Inwiefern?« fragte.

»Die deutschen Frauen reagieren empfindlicher auf das, was man hier ›Anmache‹ nennt, als wir Französinnen. Vielleicht macht das den deutschen Männern angst. Sie möchten vielleicht auch gern mit den Frauen flirten, befürchten aber eine Abfuhr und versuchen es erst gar nicht. In Deutschland fehlt ein bißchen – wie soll ich es nennen? – das Spielerische im Umgang zwischen den Geschlechtern, die Leichtigkeit. Die deutschen Frauen erlauben es den Männern oft nicht, zu ihnen charmant zu sein. Viele glauben anscheinend, daß sie knallhart und unfreundlich sein müssen. Bei uns ist das anders, so was gibt es da nicht.«

Als Französin in Frankreich

»Also sind die französischen Frauen im allgemeinen männerfreundlicher«, schloß ich aus Delphines Ausführungen.

»Oui«, bestätigte sie. »Sie setzen schneller ihren Charme ein, und das bringt die ganze Kommunikation zwischen den Geschlechtern auf eine andere Ebene. Und die Männer sind im allgemeinen auch charmanter, weil ihr Charme von den Frauen honoriert wird.«

»Wie lange bist du jetzt schon in Deutschland?«

Delphine überlegte kurz. »Das sind inzwischen schon fast sechs Jahre. Ich bin wahrscheinlich gar keine richtige Französin mehr.« Sie verstummte. Ich sah sie besorgt an; irgend etwas schien sie mit einemmal zu bedrücken. »Mon dieu«, sagte sie dann, »meine Eltern! Ich muß jetzt allmählich gehen und sie anrufen. Sie haben bestimmt schon öfter versucht, mich zu erreichen. Ich habe ihnen gesagt, daß ich heute zu Hause bin.«

Ich erschrak. Ich mußte unbedingt verhindern, daß sie ging. »Dann ruf sie doch von hier aus an«, schlug ich vor.

»Nein«, wehrte sie ab, »das kann ich nicht annehmen.«

»Doch, doch, ruf sie an, sie machen sich sonst noch Sorgen.«

Delphine überlegte einen Augenblick; anscheinend war sie nicht abgeneigt, doch noch zu bleiben, und bei dem Gedanken raste mein Herz wie verrückt vor Freude. »Also gut«, entschied sie schließlich. »Aber die Gebühren zahle ich dir später.«

»Nicht nötig«, wehrte ich ab. »Ich arbeite zu Hause und kann meine Telefonkosten sowieso fast ganz von der Steuer absetzen.«

»Was hast du denn für einen Beruf?«

Öl im Getriebe der Wirtschaft

Ich mußte verlegen grinsen – wie immer, wenn man mich nach meinem Beruf fragt. »Ich bin freier Werbetexter«, sagte ich, »ich entwerfe und texte Anzeigen für Zeitungen und Zeitschriften, entwickle Ideen für Werbespots im Rundfunk, Kino und Fernsehen. Es ist nicht gerade ein rühmlicher Beruf, und manchmal schäme ich mich, die Leute zum Kauf von Dingen zu verführen, die sie oft gar nicht brauchen. Aber Werbung muß sein, sie ist das Öl im Getriebe der Wirtschaft, und Öl ist nun mal schmierig.«

»Schmierig?« fragte Delphine, als würde sie das Wort nicht kennen.

»Durch auffällig anbiederndes Verhalten widerlich, auf unangenehme Art freundlich«, zitierte ich den Duden. »So ist der allergrößte Teil der Werbung. Trotzdem kann ich mit meinem Job leben. Er läßt mir Freiräume, die ich anderswo nicht hätte, und ich verdiene nicht schlecht. Schwierig wird es nur, wenn ich etwas hochjubeln soll, das es wirklich nicht bringt. Kürzlich sollte ich zum Beispiel eine neue Yoghurt-Generation unters Volk bringen helfen. Ich fuhr in die Firma und probierte den Yoghurt der Zukunft. Er schmeckte wirklich nicht besonders, drittklassig, viel zuviel Gelatine. Ich habe ihn trotzdem als geschmackliche Offenbarung bejubelt, weil die Kohle stimmte. Immer wenn ich jetzt diesen

Spot in der Glotze sehe, schäme ich mich meiner Lügen. Nein, eigentlich schäme ich mich nicht, weil ich davon ausgehe, daß keiner mehr die Werbung ernst nimmt. Sie ist eigentlich nur noch da, damit die Leute während der Filme ohne Eile aufs Klo gehen können.«

Delphine lachte.

»Im übrigen gibt es zwei Arten von Werbetextern«, fuhr ich fort, »die einen nehmen ihren Beruf ernst, die anderen nicht. Die Ernsten sind leider in der Überzahl. Sie verbringen schlaflose Nächte mit der Frage, mit welcher zündenden Idee sie einem völlig überflüssigen Produkt zum großen Durchbruch verhelfen können. Die Unernsten (und zu denen zähle ich mich) wissen, daß Werbung von Natur aus galoppierender Schwachsinn ist, und sie arbeiten entsprechend. Gerade weil sie die Werbung lächerlich finden, haben sie Erfolg, denn Werbung *ist* lächerlich. Sie wissen, daß die Seele der Werbung aus reiner Dummheit besteht, und produzieren daher vor Vergnügen wiehernd Texte, die gar nicht dumm genug sein können. Sie sind die wahren Alchimisten, sie machen aus purem Schwachsinn Gold.«

Eine zu kurze Kindheit

Kurz darauf ging Delphine nach unten, um ihre Familie anzurufen. Ich lauschte ihrer Stimme. Französisch sprach sie erheblich schneller als Deutsch, schwungvoller, engagierter, auch etwas lauter. Etliche Male lachte sie, als würden ihre Eltern ihr Witze zum Geburtstag schenken.

»Gut, daß ich angerufen habe«, rief sie, als sie die Treppe hochkam. »Sie haben sich schon Gedanken gemacht, wo ich stecke.«

Irgendwie kamen wir dann auf Delphines Kindheit zu sprechen, die sie als schön und zu kurz bezeichnete. Sie erzählte von sonnigen Tagen, an denen sie allein oder mit ihrer besten Freundin stundenlang durch die Felder und Wälder im Umkreis ihres Dorfes streifte und glücklich war, erfüllt von der Schönheit unberührter Natur. Sie erinnerte sich an die täglichen Busfahrten zur Schule im Nachbarort, bei denen sie sich in ihrer Phantasie immer in ein weißes Pferd verwandelte, das neben dem Bus durch die im Morgennebel geheimnisvoll wirkende Landschaft galoppierte, weil dies viel aufregender war, als mit zwanzig anderen Kindern im Schulbus zu sitzen, den ein bärbeißiger Busfahrer steuerte, der an kalten Wintertagen schon um sechs Uhr morgens ein Feuer unter dem Motor des Busses entfachte, damit er ansprang.

Delphine mochte ihre Schule und auch ihre Lehrer, bis auf die Sportlehrerin, von der sie einmal ins Schwimmbecken gestoßen wurde: eine rüde Aktion, die ihr die Scheu vor dem Wasser nehmen sollte, aber nur Wut auf die Lehrerin weckte.

Im Sommer aalten sich Eidechsen auf den Stufen der Veranda des Elternhauses, immer auf der Hut vor den Katzen aus der Nachbarschaft. Und dann waren da die Weihnachtsferien in dem strengen Winter gewesen, als das Dorf eingeschneit war und die ganze Familie sich in dem Zimmer mit dem großen Kachelofen versammelte – der einzige Ort im Haus, wo man nicht fror, weil mit der Stromversorgung auch die Zentralheizung ausgefallen war.

Delphine erzählte mit einem ständigen Lächeln über ihr kleines Dorf in der Bourgogne, das zwar einen Bürgermeister, aber keinen Polizisten vorweisen konnte, und ich lauschte, wie ich selten gelauscht hatte.

Das Ende eines schönen Geburtstags

Schließlich hatten wir unser letztes Glas Champagner geleert, und ich fand endlich den Mut, Delphine zu fragen, wie alt sie eigentlich geworden sei. Ich hatte sie auf vierundzwanzig geschätzt und war baß erstaunt zu hören, daß wir schon ihren achtundzwanzigsten Geburtstag feierten. Achtundzwanzig Jahre auf dem Planeten Erde – und noch so unschuldige Augen!

Dabei wirkte Delphine keineswegs naiv oder weltfremd. Sie arbeitete als Französischlehrerin an einer Privatschule im Stadtzentrum, wo sie meist erwachsene Schüler unterrichtete, die aus beruflichen Gründen Französischkenntnisse erwerben wollten. Sie hatte eine deutsche Freundin namens Maria und eine französische, Nadine, und ich nahm an, daß sie auch einen Freund für jede Sprache hatte. Sie war hübsch und voller Leben, ungeschminkt in jeder Hinsicht und unglaublich charmant. Sie ging wie ein spielendes Kind ganz im Jetzt auf. Immer wieder entdeckte ich einen neuen Gesichtsausdruck an ihr. Sie wirkte auf mich, als sei Lebensfreude ihr tägliches Brot. Ihre Nähe hatte etwas von Grund auf Erfrischendes.

Dann kam der Augenblick, als wir uns anschauten – und plötzlich keine Worte mehr da waren. Auch keine

Gedanken, jedenfalls nicht bei mir, und ich glaube, auch bei ihr nicht. Es dauerte nur ein paar Sekunden. Wir strahlten uns an. Dann sagte sie: »Es ist doch noch ein schöner Geburtstag geworden.«

Ich hätte sie dafür, daß sie es sagte, am liebsten sofort umarmt. Und für die süße Art, wie sie es sagte, gleich noch einmal. Aber ich war nicht mehr so impulsiv wie in früheren Jahren und wollte auf keinen Fall riskieren, aufdringlich zu wirken.

»Ich weiß gar nicht, wo ich heute nacht schlafen soll«, sagte Delphine unvermittelt und lachte. »Nadine hat einen Zweitschlüssel zu meiner Wohnung, aber sie kommt erst morgen zurück. Sie ist in Köln bei einem Freund. Darf ich vielleicht noch einmal dein Telefon benutzen? Vielleicht kann ich bei Maria übernachten.«

Auch das Telefonat mit Maria war anscheinend sehr lustig. Zumindest hörte ich Delphine ein paarmal lachen.

»Es klappt bei Maria«, verkündete sie fröhlich, als sie zurückkam, »nun hab' ich ein Dach auf dem Kopf heute nacht.«

Ich mußte kichern.

»Warum lachst du?«

»Weil es heißt: ein Dach *über* dem Kopf. Ein Dach auf dem Kopf wäre nicht so gut für die Wirbelsäule.«

»Ach ja«, sagte sie seufzend, »ich mache immer wieder diese Fehler. Mein Deutsch ist wohl manchmal etwas komisch.«

»Komisch ist nicht das richtige Wort«, wandte ich

ein. »Sagen wir es so: Die deutsche Sprache blüht auf bei der Berührung mit deiner Zunge.«

»Machst du dich jetzt lustig über mich?«

»Nein, nein! *Du* machst *mich* lustig, das ist ein großer Unterschied. Ich habe schon sehr lange nicht mehr einen so fröhlichen Geburtstag gefeiert.«

»Ich auch nicht«, sagte sie. »Wie spät ist es eigentlich?«

»Acht oder neun«, schätzte ich und nahm zur Sicherheit die kleine Digitaluhr aus der Schublade des Sekretärs, klappte sie auf und sah auf die Anzeige. »Schon nach elf!« staunte ich.

Sie sah mich ungläubig an. »Wirklich? Schon so spät? Wo ist die Zeit geblieben?«

Das fragte ich mich auch. Sie war wie im Flug vergangen. Vielleicht, weil sie wie ein Flug gewesen war, die unverhoffte Reise mit Delphine durch die Stunden ihres Geburtstags, ein Flug aus dem Bannkreis des Alltäglichen. Mir war bewußt, daß ich mich keinen Augenblick in ihrer Nähe gelangweilt hatte. Delphines unbefangene Art, ganz im Augenblick aufzugehen, hatte mich in den Bann gezogen und die Zeit vergessen lassen. »Schade«, bedauerte ich, »daß man gute Tage nicht verlängern kann.«

»Oui«, stimmte sie zu. »Ich muß jetzt gehen, leider. Maria muß morgen früh aufstehen, und ich auch.«

»Kann ich dich mit dem Auto zu Maria bringen?«

»Non, non. Mach dir wegen mir keine Umstände! Es sind nur ein paar Haltestellen mit der Bahn. Ich hab' noch ein paar Mark in der Hosentasche.«

Ich begleitete sie hinunter. Als ich ihr die Haustür

aufschloß, sagte ich: »Durch diese Tür bist du gekommen.«

»Weil du sie geöffnet hast«, antwortete sie.

Wir lächelten uns an und nahmen uns bei den Händen. Dann ließ sie mich in den Genuß jener Abschiedszeremonie kommen, bei der sich die Wangen berühren und man aneinander vorbei hörbar die Luft küßt, erst links, dann rechts. Ich roch den Duft ihres Haares. »Ganz vielen Dank für den schönen Geburtstag«, sagte sie leise und warm.

»Ich danke dir, Delphine. Sehen wir uns mal wieder?«

Sie nickte ohne Zögern und schenkte mir ein umwerfendes Abschiedslächeln.

Dann ließ sie meine Hände los und ging.

Der Beginn einer wunderbaren Freundschaft?

Kaum war sie draußen, schaltete sich das Treppenhauslicht aus. Ich stand zum zweiten Mal an diesem Tag nach dem Abschied von einer Frau wie angewurzelt da, doch jetzt war keine Traurigkeit in mir wie nach Verenas Abgang, sondern eine Heiterkeit und Unbeschwertheit, wie ich sie sehr lange nicht mehr gefühlt hatte. Ich stand lächelnd im Dunkeln und dachte, ganz ohne Ironie: Ist das der Beginn einer wunderbaren Freundschaft? Lächelnd ging ich ins Dachzimmer zurück, wo ich mich in den Sessel sinken ließ, auf dem Delphine gesessen hatte. Er war noch ein bißchen warm. Ich lehnte mich zurück und schloß die Augen; ich fühlte mich leicht, wie auf einer Wolke schwebend. Mir kamen lebendige Erinnerungen an meine Kindheit, von schönen Gefühlen begleitete Bilder des unbekümmerten Lebens von Augenblick zu Augenblick.

Mit ihrer arglosen, unschuldigen Art hatte Delphine das Kind in mir, das ich mit Mühe und Not durch die Tücken und Härten des Älterwerdens gerettet hatte, erfrischt und gestärkt, und dafür war ich ihr dankbar.

Ich habe mein inneres Kind bestimmt nicht immer so gut behandelt, wie ich es hätte tun sollen, aber wenn es hart auf hart kam, stand ich auf seiner Seite. Schließlich ging es um Leben und Tod, denn das Kind in mir ist die Quelle meiner Lebensfreude. Und ein Dasein ohne Lebensfreude ist der Tod vor dem Tod.

Delphine hatte mich zum Lachen und Staunen gebracht, sie hatte mich heiter und übermütig gemacht mit ihrer leichten, hellen Art. Sie war schon achtundzwanzig und besaß immer noch einen ungetrübten Kinderblick, als hätte das Schicksal vergessen, ihr die obligatorischen Schläge zu verpassen, die angeblich die Persönlichkeit reifen lassen.

Ich schloß die Augen und sah Delphine vor mir, ihre fröhlichen Blicke, ihr hinreißendes Lächeln. In einer Stadt der frustrierten Mienen war ihr Gesicht eine Blüte auf einem kahlen Ast. Die Lebendigkeit ihrer Ausstrahlung hatte etwas Überwältigendes, von Grund auf Belebendes. Ich hatte mit meinen sechsunddreißig Lenzen genug Erfahrungen gesammelt, um erkennen zu können, daß Delphine etwas Besonderes war, als Frau und als Mensch.

Spaziergang um Mitternacht

Das Klingeln des Telefons riß mich aus meinen Gedanken. Es war Pablo, den ich völlig vergessen hatte. Er fragte mich, ob mein Besuch gegangen sei und er jetzt kommen könne. »Ich komm' lieber zu dir«, sagte ich, »mir ist nach einem kleinen Spaziergang. Bis gleich!«

»Gut«, sagte Pablo erleichtert und legte auf.

Wenn ich ehrlich zu mir selbst war, hatte ich keine besondere Lust, jetzt mit Pablo zu reden, schon gar nicht über ein Problem, das er offensichtlich hatte. Viel lieber hätte ich weiter von Delphine geträumt und das Nachgefühl ihrer Nähe genossen.

Andererseits konnte ich Pablo auch nicht einfach so hängenlassen, und so fragte ich mich, während ich mich zum Gehen fertigmachte, was wohl los war mit ihm. Was war so wichtig, daß er mit mir darüber am Telefon nicht reden konnte? Er war doch sonst kein Geheimniskrämer.

Draußen war es so unwirtlich, wie ich erwartet hatte, aber das machte mir in meinem Glücksgefühl nichts aus. Es waren kaum noch Menschen auf den Straßen. Windböen fegten mir durchs Haar. Irgendwo kreischte immer wieder eine Katze auf. Ein Betrunkener, der eifrig vor sich hin stammelte, schwankte mir entgegen und gab sich vergeblich Mühe, mich nicht zu rempeln.

»'tschuldigung«, murmelte er kichernd und ließ mir seine Alkoholfahne ins Gesicht flattern.

Pablo wohnte im selben Viertel wie ich, allerdings am anderen Ende. Eigentlich hieß er Peer, aber eine seiner Ex-Freundinnen, eine offensive Nichtraucherin, hatte ihn mit bleibender Wirkung Pablo getauft, damit sie nicht an Zigaretten denken mußte, wenn sie seinen Namen sagte. Pablo war ein gutmütiger, zuverlässiger Typ und der einzige meiner Bekannten, den ich ohne Unbehagen als Freund bezeichnen konnte.

Ich benutze den Begriff ›Freundschaft‹ nicht leichthin. Viele verstehen darunter ja kaum noch mehr als ein Verhältnis, bei dem man sich gegenseitig Gefälligkeiten erweist, ohne sich dafür Rechnungen auszustellen. Für mich ist Freundschaft neben der Liebe die höchste und schönste Form menschlicher Nähe. Freundschaft ist gegenseitige Anziehungskraft ohne die Leiden der Leidenschaft, sie ist Nähe ohne Einengung.

Ich hatte Pablo vor drei Jahren bei einer Party kennengelernt. Er war einer der gefragtesten Gebrauchsgraphiker der Stadt, er arbeitete perfekt und zuverlässig. Als ich jetzt vor seiner Haustür stand, fragte ich mich ein weiteres Mal, was er so dringend von mir wollte. Wahrscheinlich litt er wieder unter Liebeskummer. Vor einem halben Jahr hatte er sich ebenso heftig wie unglücklich in Esther verliebt, die ihn nur benutzte, um ihren Freund zur Steigerung seiner nachlassenden amourösen Leistungen zu motivieren. Mit Frauen hatte Pablo des öfteren schon Pech gehabt. Er war nicht gerade erfolgreich beim anderen Geschlecht, obwohl er als Gegenteil eines Machos eigentlich das Wunschbild der modernen Frau verkörperte, die sich – wenn man den Umfragen trauen darf – einen verständnisvollen, einfühlsamen und ehrlichen Partner wünscht. (Vielleicht lag es an Pablos Körperkürze, die ihn mit einem Meter achtundsechzig im deutschen Männerangebot zu einer kleinen Größe machte und einen Minderwertigkeitskomplex nährte, den ihm eine andere Ex-Freundin vor zehn Jahren eingepflanzt hatte, als sie ihn in der Hitze einer Auseinandersetzung ›Männlein‹ nannte.)

Ich schätzte Pablo in mancher Hinsicht, denn er war gescheit und überraschte mich oft mit originellen Bemerkungen. Allerdings pflegte er eine asiatisch anmutende Art der Gesprächsführung, an die man sich gewöhnen mußte. Er näherte sich nie geradewegs einem Thema, sondern ausgesprochen zögerlich. Hatte er ein Problem, handelte er erst Farbe, Größe und Beschaffenheit des Leders ab, bevor er damit herausrückte, wo ihn der Schuh drückte. Aber wenn dann einmal ein Gespräch in Gang gekommen war, bekam es oft eine Leichtigkeit und Fruchtbarkeit, die für den umständlichen Start mehr als nur entschädigte.

Es geht um eine Frau

Pablo stand auf der Schwelle seiner Wohnungstür. Wir begrüßten uns mit der gewohnten Herzlichkeit, aber ich merkte sofort, daß etwas mit ihm nicht stimmte. Er wirkte nervös und hatte seine steile Denkerfalte auf der Stirn, die sich sonst nur beim Schachspiel zeigte.

»Laß mich raten«, sagte ich, als wir saßen, »es geht um eine Frau.«

»Ich mach' uns erst mal einen Drink«, antwortete er und servierte uns einen Batida de Coco auf Eis. Nachdem wir angestoßen hatten, deutete er beiläufig an, daß es tatsächlich um eine Frau ging, aber das war vorläufig auch alles. Ich kannte ihn gut genug, um ihn nicht zu drängen. Drängte man ihn, dauerte alles noch länger. »Du hattest Besuch heute?«

»Ja«, antwortete ich, »ich habe eine außergewöhnliche Frau auf eine außergewöhnliche Weise kennengelernt.«

»Hmm«, machte er, schaute mit verkniffenem Mund in seinen Batida und schwieg. Endlich stellte er sein Glas ab und sagte: »Du hattest also einen guten Tag.«

»Einen sehr guten!«

»Ganz im Gegensatz zu mir«, murmelte er und starrte wieder in sein Glas. »Ich weiß nicht, wie ich anfangen soll.«

»Am besten von vorn«, schlug ich vor.

Pablo seufzte. In der Achselgegend seines Hemdes bildeten sich kleine Schweißflecken. Junge, Junge, dachte ich, was liegt dir bloß auf der Seele?

»Also gut. Letzte Nacht hatte ich bis Mitternacht gezeichnet, und mein Rücken war steif. Müde war ich noch nicht, also beschloß ich, noch ein bißchen tanzen zu gehen. Ich stieg ins Auto und fuhr ins ›Bermuda Dreieck‹.«

Tatsächlich, dachte ich, eine Liebesoper mit Disco-Ouvertüre.

»Es war furchtbar voll dort, auf der Tanzfläche ein einziges Geschiebe und Geschubse. Ich wollte schon wieder gehen, als mich jemand am Arm festhielt – Verena. Sie schien etwas angeheitert zu sein. Sie tat ganz erfreut, mich zu sehen, und zog mich auf die Tanzfläche. Ich war völlig überrascht. Du weißt ja, daß sie mir gegenüber sonst immer ziemlich distanziert war. Wir kämpften in dem Gewühl ums Überleben, Tanzen konnte man das nicht mehr nennen, aber Verena schien es Spaß zu machen. Einmal bekam sie einen Stoß von hinten und sank in meine Arme. Und«, er druckste ein wenig herum, »na ja, irgendwie hatte sie gar keine Eile, sich aus der Umarmung zu lösen. Es schien ihr zu gefallen.«

»Und dir? Gefiel es dir?«

Pablo zuckte unentschlossen mit den Schultern. »Ja und nein. Ich wußte nicht, was ich von Verena halten sollte. Sie war irritierend interessiert an mir.«

»So?«

»Ja, sie suchte meine Nähe, tanzte so, daß unsere

Körper sich immer wieder »zufällig« berührten. Es war schon aufregend, aber es kam mir auch irgendwie komisch vor, so überdreht und unecht. Irgendwann fragte ich sie nach dir. Sie sagte, sie hätte mit dir Schluß gemacht. Ich fragte sie, wie oft sie das noch tun wolle. Sie lachte und zog mich von der Tanzfläche zur Bar. Da stand so ein komischer Typ mit langen Koteletten in Fünfziger-Jahre-Klamotten, ich weiß seinen Namen nicht mehr. Verena hatte ein Glas Sekt neben seinem stehen.«

»Max?« riet ich.

»Genau. Jetzt fällt es mir wieder ein: Sie nannte ihn Mäxchen. Er sah mich so an, als würde er mich am liebsten durch den Fleischwolf drehen. Anscheinend hatte er Verena und mir beim Tanzen zugesehen. Verena gab ihm ein Küßchen und flüsterte ihm irgendwas ins Ohr, und schon guckte er etwas friedlicher aus der Wäsche. Dann begann sie wieder mit mir zu flirten. Immer wenn Mäxchens Gesichtsausdruck bedrohlich wurde, wandte sie sich ihm wieder zu und gab ihm ein paar kleine Zärtlichkeiten.«

»Verena in ihrem Element«, kommentierte ich trocken.

»Es scheint dich ziemlich kaltzulassen«, sagte Pablo.

»Ich habe heute nachmittag mit Verena Schluß gemacht«, erklärte ich ihm. »Du sprichst von meiner Ehemaligen.«

Pablo sah mich verblüfft und – wie mir schien – auch erleichtert an. »Oh«, sagte er, »das kommt total überraschend! Ist das auch amtlich?«

»Unterschrieben und abgestempelt«, versicherte ich.

»Wir standen also zu dritt an der Bar«, fuhr Pablo mit neuem Elan fort, »Verena, Mäxchen und ich. Verena bestellte noch ein Glas Sekt, und Max warf mir mordlüsterne Blicke zu, wenn er glaubte, daß sie es nicht sehen konnte. So lief es eine Weile, dann ging Verena ›mal kurz vor die Tür‹, und Max drängte sich ihr prompt hinterher. Ich blieb an der Theke sitzen, aber die beiden kamen nicht wieder. Schließlich fuhr ich nach Hause und legte mich ins Bett.«

»Okay«, sagte ich mit einem Blick auf Pablos expandierende Schweißflecken unter den Achseln, »aber was ist daran so heikel, daß du so schwitzt?«

Traum und Wirklichkeit

»Das Heikle kommt noch.«

Er verzog gequält den Mund und trank seinen Batida in einem Zug. »Mitten in der Nacht klingelte es Sturm bei mir. Ich sah auf den Wecker: kurz vor fünf! Erst wollte ich liegenbleiben, dann klingelte es noch mal Sturm, und ich stand doch auf. Es war Verena. Als sie mein verschlafenes Gesicht sah, bekam sie einen Lachanfall und spazierte herein. Bevor ich dazu kam, mich über die Unzeit ihres Besuches zu beschweren, strich sie mir die Haare aus der Stirn, lächelte mich an und fragte mich, ob sie bei mir auf der Couch schlafen könne. Sie sei bei Max gewesen, es habe Zoff gegeben, und sie sei abgehauen.«

»Hast du sie nicht gefragt, ob sie kein eigenes Bett hat?«

»Hab' ich. Aber sie sagte, sie könne nicht zu sich nach Hause, weil Max ihr die Wohnungsschlüssel geklaut hätte, um sie zu zwingen, bei ihm zu bleiben. Diese Unverschämtheit würde noch ein Nachspiel haben, aber jetzt sei sie zu müde. Dann ließ sie sich auf die Couch sinken und war im Nu eingeschlafen. Ich deckte sie zu und ging wieder ins Bett. Bald schlief ich wieder ein, und dann hatte ich einen reichlich abenteuerlichen Traum, der nach und nach immer mehr ins Erotische tendierte: Ich war auf einem rauschenden Kostümfest.

Eine tolle Frau flirtete sehr heftig mit mir. Sie trug eine bunte Maske, die wie ein tropischer Schmetterling aussah. Was dann kam, weiß ich nicht mehr. Plötzlich lagen wir nackt auf einem großen Bett. Die Frau drehte mich zärtlich auf den Rücken und setzte sich auf mich. Es war ein phantastisches Gefühl. In diesem Augenblick erwachte ich.«

»Schade«, sagte ich mitfühlend.

Pablo räusperte sich, stand auf und ging zum Fenster. »Ich erwachte«, wiederholte er so leise, daß ich Mühe hatte, es zu verstehen, »aber es *änderte* sich nichts. Ich lag auf dem Rücken. Eine nackte Frau saß auf mir. Ich brauchte eine Weile, bis ich verstand, daß es Verena war. Als ich es dann verstanden hatte, war es zu spät.«

Ich mußte schlucken. Das durfte doch nicht wahr sein! »Du willst doch nicht etwa behaupten, daß Verena dich vergewaltigt hat?«

»Überrumpelt hat sie mich«, verteidigte er sich, »im Schlaf bezirzt. Ich konnte mich nicht dagegen wehren. Du weißt doch, ich brauche immer eine Weile, bis ich voll da bin, wenn man mich aus dem Schlaf holt.«

Das wußte ich, aber mir fehlten trotzdem die Worte. Ich nahm mein Glas, trank es leer, stellte es wieder auf den Tisch und starrte vor mich hin, als hätte ich eine massive Denkhemmung. Dann stand ich auf und sagte: »Ich glaub', ich geh' jetzt besser. Kann sein, daß alles so war, wie du gesagt hast. Aber ich muß das jetzt erst einmal verdauen, okay?« Ich ging zur Tür, dann drehte ich mich noch einmal theatralisch um. »Pablo«, sagte ich, »es kommt dir vielleicht komisch vor, wenn ich dich vor einer Frau warne, mit der ich schließlich fast ein Jahr zusammen war. Aber ich kenne dich, und ich kenne sie. Nimm dich in acht vor Verena! Laß dir nicht von ihr den Kopf verdrehen! Verena kann einen Mann dazu bringen, seltsame Dinge zu tun. Ich kann dich zwar nicht mehr davor warnen, mit ihr zu schlafen. Aber hüte dich davor, dich in sie zu verlieben!«

Pablo schüttelte den Kopf, für mein Empfinden etwas zu energisch. »Quatsch«, sagte er, »wie kommst du denn darauf?«

Ich blieb ihm die Antwort schuldig und ging.

Ein perfides Abschiedsgeschenk

Am meisten ärgerte ich mich auf dem Nachhauseweg darüber, daß ich mich über Pablo und Verena ärgerte; daß ich das unangenehme Kribbeln in meinem Bauch nicht abstellen und mir immerzu Pablo und Verena im Bett vorstellen mußte. Ich hatte gar keinen Grund, eifersüchtig, sauer und verletzt zu sein, versuchte ich mir einzureden. Schließlich hatte ich Schluß mit Verena gemacht. Sie war frei und konnte schlafen, mit wem sie wollte. Wozu also die ganze Aufregung?

Prompt meldete sich der Gegenspieler dieses ach so vernünftigen Gedankens zu Wort: ›Sie hat mit Pablo geschlafen, *bevor* du mit ihr Schluß gemacht hast. Sie hat dich in der letzten Nacht eurer Beziehung mit deinem besten Freund betrogen. Welch ein perfides Abschiedsgeschenk.‹

›Moment! Selbst wenn es so war, ich wußte bis eben nichts davon und habe völlig unbeeinflußt davon die Entscheidung getroffen, mich von Verena zu trennen.‹

›Und die Enttäuschung über Pablos Schwäche?‹ kam das Gegenargument nach kurzer Denkpause zum Vorschein.

›Sicher bin ich enttäuscht, aber nicht ohne Verständnis. Der Junge war seit einem halben Jahr mit keiner Frau mehr im Bett. Wenn dann eine wie Verena es darauf anlegt, ihn nach allen Regeln der Kunst zu verführen, kann man *ihm* dann einen Vorwurf machen, wenn es ihr gelingt?‹

›Wahrscheinlich nicht. Falls es so war, wie er gesagt hat.‹

›Pablo hat mich noch nie angelogen.‹

›Und warum hat er dir dann nicht in die Augen gesehen, als er dir diese Geschichte erzählt hat?‹

Das Kinderlied

Zu Hause legte ich mich bald ins Bett. Doch der Schlaf ließ auf sich warten, zu viel ging mir durch den Kopf: die Trennung von Verena; der Tag mit Delphine und jetzt auch noch die Geschichte mit Pablo! Je länger ich lag, desto wacher wurde ich, während mein Geist die Ereignisse des Tages wieder und wieder Revue passieren ließ.

Erst spät wurde es ruhiger in mir. Und als ich allmählich dann doch in den Schlaf glitt, hörte ich noch das französische Kinderlied in mir, das Delphine gesungen hatte, als sie sich die Haare gefönt hatte. Es war das einzige Lied aus ihrer Kindheit, an das sie sich Wort für Wort erinnern konnte. Ein seltsamer Reiz ging von seinen Versen aus. Auf meine Bitte hin hatte Delphine den Liedtext ins Deutsche übersetzt und ihn für mich auf einen Zettel geschrieben: *In den schlafenden Wald gehe ich, um zu träumen, wenn die Nacht kommt. Doch als es Abend wird, fühle ich ungewollt mein Herz, das schlägt, das schlägt. Ich weiß nicht, warum. Das Wasser murmelt und wiegt mich mit soviel Zärtlichkeit, soviel Zärtlichkeit, daß ich nicht mehr weiß, wo ich bin. Ich möchte flüchten, aber ich kann nicht.*

Ein Geheimnis, eine tiefe Empfindung lag in dieser schlichten Poesie verborgen – unsichtbar, ungreifbar, aber deutlich spürbar. Und kurz bevor ich endgültig einschlief, schien mir noch, als hätten diese Verse auch etwas mit mir, mit meiner eigenen seelischen Situation zu tun, als enthielten sie eine versteckte Botschaft an mich.

Für Delphine jedenfalls mußte das Lied eine besondere Bedeutung haben, sonst wäre es nicht das einzige unter Dutzenden gewesen, das ihr in Erinnerung geblieben war. Vielleicht fand sie ihre eigene Sehnsucht nach dem schlafenden Wald, dem Traumreich der Zärtlichkeit darin wieder, ihren geheimen Wunsch nach einer Liebe, vor der man nicht mehr flüchten kann.

Delphines Liedverse: Sie klangen geheimnisvoll und beruhigend zugleich, und ich mußte wieder an Delphine denken – oder träumte ich schon von ihr?

Schnupfenspray

In den folgenden Tagen passierte wenig, eigentlich gar nichts. Kein Lebenszeichen von Delphine, kein Anruf oder Besuch von Pablo, kein Wiedereroberungsversuch von Verena, absolute Ruhe. Was Verena betraf, konnte es nur die Ruhe vor dem Sturm sein. Mein Instinkt sagte mir, daß sie noch einen ernstzunehmenden Versuch starten würde, das Ruder herumzureißen und mich wieder an sie zu binden. Noch kein Mann hatte gewagt, ihr den Laufpaß zu geben. Doch ich würde nicht schwanken noch wanken, selbst wenn sie alle Register ihrer Verführungskunst zog. Ich war fest entschlossen, der erste schwarze Fleck auf ihrer weißen Beziehungsweste zu bleiben. Sie hatte mich schlecht behandelt, ich hatte es lange genug hingenommen, jetzt war es vorbei. Oder doch noch nicht? Niemand war vor sich selbst sicher. Alles wiederholte sich, aber auf nichts war Verlaß.

Als eine ganze Woche völlig ereignislos verstrichen war, begann ich eine wachsende Unruhe in mir zu spüren, die meinen Zigarettenkonsum in die Höhe und mich zu pessimistischen Überlegungen trieb. Es war ja nicht auszuschließen, daß Delphine zu den Frauen gehörte, die ihre Versprechen so unbekümmert vergaßen, wie sie sie gaben.

Bei diesen Gedanken bekam ich ein beklemmendes

Gefühl ums Herz. Vielleicht half ein Spaziergang gegen die Angst, die mich bei der Vorstellung gepackt hatte, Delphine nicht mehr wiederzusehen. Es war Abend, und nachdem ich eine Weile ziellos durch die Straßen gegangen war, beschloß ich, Pablo einen kleinen Überraschungsbesuch abzustatten.

Ich erkannte schon von weitem, daß Pablo zu Hause war, denn in seinen Fenstern brannte Licht. Die Vorhänge waren halb zugezogen. Als ich näher kam, entdeckte ich zu meiner Überraschung Verenas knallrotes Cabrio vor dem Haus. Impulsiv ging ich auf die Haustür zu und klingelte. Nichts. Ich klingelte ein zweites Mal. Wieder nichts. Da wollten zwei nicht gestört werden. Warum wohl?

Ich ging in die Kneipe auf der anderen Straßenseite, setzte mich so an die Theke, daß ich einen guten Blick auf Pablos Fenster hatte, und bestellte ein Bier. Dann ließ ich mir das Telefon geben und wählte Pablos Nummer. Er ließ es lange klingeln, hob aber dann doch ab und sagte: »Hallo, hier ist Pablo.«

Seine Stimme hatte etwas Euphorisches, sie tanzte förmlich vor froher Erwartung. O ja, Verena konnte einen Mann euphorisieren – und traumatisieren. Ein früherer, wie ich an ihr verzweifelter Freund hatte ihr bei der Trennung wohlmeinend ans Herz gelegt, einen guten Psychoanalytiker zu konsultieren. Verena schlug den Rat in den Wind und erinnerte in diesem Punkt an Rilke, der eine ihm anempfohlene Psychoanalyse ablehnte. Der Dichter wollte sich seine Dämonen nicht austreiben lassen, weil er befürchtete, damit auch seine

Engel zu verlieren. Nun bezirzten Verenas Engel den glückseligen Pablo, verwöhnten ihn mit ihrer Süße und überirdischen Leichtigkeit, doch bald würde sie ihre Dämonen auf ihn loslassen und ein Bündel Elend aus ihm machen. Ich kannte Pablo gut genug, um zu wissen, daß er sich dabei einen irreparablen Knacks holen konnte. Als Freund mußte ich ihn warnen, redete ich mir ein und versuchte den Gedanken zu verdrängen, daß ich ihm am Ende sein Vergnügen nicht gönnte.

»Hallo!« sagte er ein zweites Mal. »Wer ist da?«

»Ich bin's.«

»Ach *du*! Warum sagst du denn nichts? Ich wollte gerade auflegen. Bist du erkältet? Du klingst so komisch.«

Er war verlegen, eindeutig verlegen, aber in bester Stimmung. Ich räusperte mich. »Ich hatte nur einen Frosch im Hals. Du hast lange nichts von dir hören lassen. Ist irgendwas nicht in Ordnung?«

»Nein«, antwortete er, »alles bestens. Ja, ich hätte mich mal bei dir melden sollen. Aber ich hatte einfach zuviel um die Ohren letzte Woche.«

»Aha«, sagte ich. »Und was machst du so im Augenblick?«

»Was wohl? Arbeiten«, stöhnte er. »Ich muß morgen meine Entwürfe bei der Pharma-Firma vorstellen, und da sitze ich bestimmt noch die halbe Nacht dran. Die Pharma-Fuzzys wollen die Entwürfe morgen früh um acht auf dem Schreibtisch haben.«

Ich traute meinen Ohren nicht. Wie glatt er doch lügen konnte – Pablo, der mich bislang noch nie belogen hatte. Verena war ganz offensichtlich bei ihm, und er behauptete, er würde arbeiten. Dabei wußte ich aus Erfahrung, daß es unmöglich war zu arbeiten, wenn Verena auch nur in der Nähe war.

»Entwürfe wofür?« fragte ich.

»Für Nasenspray gegen Schnupfen«, log Pablo eifrig weiter. »Kommt ja bald die Jahreszeit, wo die ihren Hauptumsatz machen.«

Ich schüttelte traurig den Kopf und fragte: »Weißt du eigentlich, wie es Verena geht?«

»Verena? Keine Ahnung. Ich habe sie seit Tagen nicht gesehen.«

Nur mühsam unterdrückte ich ein zynisches Krächzen. Seit Tagen habe er sie nicht gesehen! Er sah sie *jetzt*, in diesem Augenblick, und ich sah sie auch. Sie kam mit weitgehend aufgeknöpfter Bluse zum rechten Fenster und zog die Vorhänge zu. Dann erschien sie am anderen Fenster und blickte kurz auf die Straße herunter. Jetzt zog sie auch den zweiten Vorhang zu, um eine intimere Phase des Abends einzuleiten, während ihr Auserwählter zu mir sagte: »Besonders gesprächig bist du heute nicht.«

Mir fehlten in der Tat die Worte. Ach Pablo, dachte ich mit schwerem Herzen, warum lügst du so glatt? Warum bist du nicht mutig genug, um mir zu sagen: Verena ist hier, und gute Dinge stehen uns bevor. *So* hätte ich es akzeptieren können.

»Jan, bist du noch dran?«

Es war völlig klar, daß ich noch dran war. Mein Schweigen machte ihn unsicher.

»Warum hast du eigentlich angerufen?«

»Ich wollte nur mal hören, was du gerade machst.« Lügen konnte ich auch.

»Was man so macht, wenn man im Streß ist. Nimm's mir nicht übel, aber ich muß wieder an den Schnupfenspray.«

Lügen

Pablo hatte nicht gemerkt, daß ich alles gemerkt hatte. Ich atmete ein paarmal tief durch und bestellte einen Wodka-Lemon, den ich in einem Zug trank.

Ich mußte an ein Gespräch zwischen Pablo und mir denken, das ein paar Monate zurücklag und in dem es auch um das Problem des Lügens gegangen war. Ich hatte ihm gesagt, daß ich Lügen entwürdigend fände, für den Lügenden wie für den Belogenen, und er hatte mir engagiert zugestimmt. Und ich Idiot hatte gedacht: Pablo würde mich nie anlügen. Jetzt hatte er es getan, und ich verstand nicht mal, warum.

Ich versuchte, mich in seine Lage zu versetzen. Allem Anschein nach konnte er es gar nicht abwarten, mit Verena ins Bett zu gehen. Aber statt das offen zuzugeben, belog er mich lieber. Ein schöner Freund, dieser Schuft! Warum wollte er nicht, daß ich die Wahrheit erfuhr? Hatte er Angst, ihm könne die Lust auf die Nacht mit Verena vergehen, wenn er mich, der ich noch vor kurzer Zeit Verenas Liebhaber gewesen war, nicht ganz schnell verdrängte, vergaß? Meine Gefühle Pablo gegenüber bekamen bleischwere Beine.

Dann mußte ich plötzlich lachen. Letztlich war ihm seine Euphorie zu gönnen, denn er würde sie teuer bezahlen müssen. Für Verena war er nur ein Notnagel, und das würde er bald schmerzhaft zu spüren bekommen. Und er hatte sich das alles selbst zuzuschreiben, ja! Denn hätte er mich nicht angelogen, hätte ich ihn schließlich gewarnt. Ganz uneigennützig, versteht sich.

Flucht ins Bett

Nach einer üblen Nacht voll wirrer Träume erwachte ich am nächsten Morgen mit dem Gefühl, einen Tag vor mir zu haben, den ich am liebsten schon hinter mir gehabt hätte. Ich fühlte mich schlapp und lustlos. Zu allem Überfluß hatte ich mir auf meinem regenreichen Rückweg von Pablos Wohnung einen mittelschweren Schnupfen geholt. In meinem rechten Nasenloch herrschte hoffnungsloser Stau, mein linkes erlaubte nur zähflüssigen Atemverkehr. Mit einem Stimmungstief allein werde ich fertig, ebenso mit einem Schnupfen, aber wenn sie mich zu zweit überfallen, bleibt nur die Flucht ins Bett, wo ich praktischerweise bereits war und für den Rest des Tages auch zu bleiben gedachte. (Seltsam an der Sache war, daß Pablo die Arbeit an einer imaginären *Nasenspray*-Werbung vorgeschoben hatte, um seine Lüge authentisch zu dekorieren. Als Folge dieser Nasenspray-Lüge hatte ich nun eine verstopfte Nase und damit auch Verwendung für Nasenspray. Ich fragte mich erfolglos, was mir das Leben damit sagen wollte.)

Ich schneuzte in ein weiteres Taschentuch, eins von der Marke, deren Name ich erfunden hatte, und mußte an Delphine denken. Wo mochte sie sein, was mochte sie tun? Ich hätte viel dafür gegeben, nur drei Sekunden lang ihr Lächeln zu sehen.

Vor einer Woche war sie bei mir gewesen, in diesem Zimmer, wo ich jetzt lag und mich fragte, ob sie mich wirklich, wie sie es versprochen hatte, besuchen würde. Ich hatte versäumt, sie um ihre Adresse oder Telefonnummer zu bitten, so sicher war ich mir gewesen, daß sie wiederkommen würde. Wir hatten einen sehr schönen Tag miteinander verbracht, und ich wußte, daß auch Delphine es so empfunden hatte. Ich hatte mich so gut in ihrer Nähe gefühlt, so immun gegen alle Lebenswidrigkeiten, und jetzt lag ich verschnupft und leicht geknickt im Bett. Fortunas Rad hatte sich schnell zu meinen Ungunsten gedreht. Während mir schnupfenbedingte Tränen aus den Augen liefen, kam mir erstmals der Gedanke, daß meine Begegnung mit Delphine im doppelten Sinn des Wortes einmalig gewesen sein könnte, und ich bekam einen heftigen Niesanfall.

Der Kuschelpulli

Drei Tage später war ich den Schnupfen los und fühlte mich auch sonst wieder besser. Ich sprühte zwar nicht gerade vor Lebensfreude, war aber entschlossen, mich von der Verena-Pablo-Affäre und ihren emotionalen Abgründen nicht länger deprimieren zu lassen.

Am späten Nachmittag klingelte es. Ich hoffte herzklopfend auf Delphine, aber als ich öffnete, stand Verena vor der Tür. »Hallo, Jan«, sagte sie lächelnd, »entschuldige, daß ich so ohne Vorwarnung auftauche, aber ich bin gerade zufällig bei dir vorbeigefahren, auf dem Weg aus der Innenstadt. Da hab' ich spontan gebremst und gedacht, schau doch mal bei deinem Ex-Lover vorbei und hol dir deine Klamotten ab, den schwarzen Kuschelpulli vor allem.«

»Hallo, Verena. Komm rein.«

Sie folgte mir in die Wohnküche und setzte sich. Ich ging ins Nebenzimmer und holte ihren schwarzen Kuschelpulli aus dem Schrank, ihr graues Seiden-T-Shirt und ein großes Badetuch, das ihr gehörte, packte alles in eine Plastiktüte, legte Verenas Zahnbürste dazu und überreichte ihr das Ganze.

Verena nahm die Tüte, zog ihren schwarzen Angora-Pulli heraus, legte ihn sich auf den Schoß und streichelte zärtlich seinen Flaum. Dabei überkam sie scheinbar völlig spontan die Regung, sich den lange entbehrten Pulli augenblicklich überzuziehen. Jedenfalls zog sie sich den Rolli, den sie trug, bis zu den Schultern hoch, und weil sie ihn wegen der Enge des Rollkragens nicht so leicht über den Kopf zu kriegen schien, war ich aus nächster Nähe wehrlos dem Anblick ihrer schönen Brüste ausgesetzt. Verenas Busen hatte ich noch nie widerstehen können; und diesmal war es nicht anders. Daß mit uns Schluß war, zählte jedenfalls plötzlich nicht. Vieles ist schon über die Faszination des Frauenbusens auf Männer gesagt und geschrieben worden, aber das zählte auch nicht. Ich wußte, daß Verena das alles schlau eingefädelt hatte, aber das half auch nichts. Mit gemischten Gefühlen sah ich, wie meine Hände sich langsam, wie in Zeitlupe, auf Verenas Brüste zubewegten. Währenddessen versuchte mir eine lüsterne Stimme in mir fieberhaft einzuflüstern, daß es durchaus im Bereich des Normalen lag, mit seiner Ex-Geliebten zu schlafen. Viele taten es und hatten ihren Spaß dabei, warum sollte gerade ich darauf verzichten? Ich mußte nur mein Herz aus dem Spiel halten, meinen naivsten Körperteil, dann konnte mir nichts passieren. An sexueller Frustration war unsere Beziehung schließlich nicht gescheitert. Warum sollte ich auf den Luxus verzichten, mit einer attraktiven Frau zu schlafen, wenn sich die Gelegenheit ergab? (Wie eloquent der Verstand im Schwitzkasten der Libido sein kann!)

Meine Hände waren jetzt nur noch wenige Zentimeter von Verenas Busen entfernt, während sie noch immer – der Form halber leise fluchend – damit beschäftigt war, ihren engen Rolli nicht über den Kopf zu kriegen, wohl wissend, daß ein Reiz seine Zeit braucht, um seine Wirkung zu entfalten.

Die Kunst des Vergessens

Zwischen meine Fingerspitzen und Verenas Brüste paßte jetzt nicht mal mehr ein Seiden-Top, und alles wäre so gekommen, wie Verena es geplant hatte, wenn ich die Kunst des Vergessens besser praktiziert hätte. Mir fiel nämlich plötzlich ein, daß Pablos Hände noch vor drei Tagen *dieselben* Brüste liebkost hatten, während ich traurig im Regen nach Hause trottete und mir einen Schnupfen holte. Mit einem Schlag war ich ernüchtert, zog meine Hände zurück und steckte sie zur Sicherheit in die Hosentaschen, bis Verena schließlich nichts anderes übrigblieb, als sich endlich schnaufend den Rolli über den Kopf zu wursteln. Sie warf mir einen irritierten Blick zu, den ich als Ausdruck ihrer Überraschung interpretierte, daß ihr Busen nicht die von ihm erwartete Leistung erbracht hatte, und sagte vorwurfsvoll: »Du hättest mir ruhig ein bißchen helfen können.«

»Ich hab' die ganze Zeit deine Brüste angeschaut«, antwortete ich wahrheitsgemäß, worauf Verena perplex die Stirn runzelte und ihren Kuschelpulli anzog. »Da fällt mir ein«, fuhr ich fort, »daß die Frauen der alten Germanen ihren vor den Römern flüchtenden Männern mit entblößten Oberkörpern entgegenliefen, um ihnen anschaulich zu machen, was den Römern in die Hände zu fallen drohte. Und die Germanenkrieger verstanden, stellten sich erneut den Feinden, kämpften mit der Kraft der sexuellen Verlustangst wie die Löwen und schlugen die Römer zurück.«

»Das waren noch richtige Männer«, stellte Verena fest. »Übrigens, diese Frau, mit der du letzte Woche gefrühstückt hast und die du angeblich nicht kennst: Hast du dich in sie verknallt?«

Ich mußte unwillkürlich lachen. »Wo denkst du hin? Ich frage mich, ob ich mich überhaupt noch verknallen kann. Verliebtheit ist ein Luftballon, den man aufbläst, bis es knallt, und ich bin zur Zeit ein bißchen aus der Puste.«

»Du bläst mit dicken Backen«, prophezeite Verena mir, »wenn es darauf ankommt.«

»Und du«, drehte ich den Spieß um, »bist du verliebt?«

Sie lachte auch. »Warum sollte ich dir das sagen?«

»Weil ich dir auch auf deine Frage geantwortet habe.«

»Und jetzt meinst du, du hättest einen Anspruch auf eine Antwort von mir?«

»Ja«, sagte ich, obwohl ich aus ihrem Tonfall eindeutig heraushörte, daß ich keinen Anspruch hatte.

»Also gut: Ich habe mich in Pablo verliebt«, sagte sie und sah mich gespannt an.

»Ausgerechnet in Pablo? In diesen – wie hast du ihn einmal genannt – ›kleinen Langweiler‹ hast du dich verliebt?« wunderte ich mich und versuchte, ein süffisantes Grinsen aufzusetzen.

»Ich sehe Pablo jetzt mit anderen Augen«, klärte sie mich auf.

»Ich auch«, sagte ich. »Was sagt eigentlich Max dazu?

Da ist er heilfroh, mich als Rivale los zu sein, und schon hat er einen neuen vor der Nase! Das Liebesleben ist hart.«

»Jan, du bist ziemlich daneben heute.«

»Es ist nicht leicht, gut drauf zu sein, wenn man von allen Seiten Lügen aufgetischt bekommt.«

»Willst du damit behaupten, ich hätte dich *angelogen*?« Verena blitzte mich herausfordernd an.

»Genau das will ich«, kam ich zur Sache. Mit einemmal war es mir wie Schuppen von den Augen gefallen, und ich hatte Verenas ganzen Kriegsplan durchschaut. »Es gibt nur eine Person, die dir abnimmt, daß du in Pablo verknallt bist, und das ist Pablo selbst.«

»Wenn ich nicht in ihn verknallt bin«, argumentierte Verena sanft, »warum schlafe ich dann mit ihm?«

»Weil du damit die Freundschaft zwischen Pablo und mir zerstören willst, als Rache dafür, daß ich mit dir Schluß gemacht habe.«

Verena lachte hysterisch. »Du kommst auf Ideen! Ich habe keine Rache nötig. Pablo tut mir gut. Er vergöttert mich auf eine Weise, zu der du gar nicht fähig bist.«

»Gott sei Dank«, rutschte es mir heraus.

Um Verenas Mund entstand ein Zug, der auf mühsam unterdrückte Wut hindeutete. »Weißt *du* eigentlich, was Liebe ist?«

Die Frage überraschte mich sehr. »Liebe ist, wenn man ...«, setzte ich bedächtig zu einer Antwort an.

»Liebe ist«, fiel Verena mir ins Wort, »pures Gefühl! Man schickt den Kopf in Urlaub und lebt auf Gedeih und Verderb ganz aus dem Gefühl. Dazu gehört Mut, und den hast du nicht. Du hältst dich an deinem Verstand fest wie ein Ertrinkender an einem Rettungsring. So lernst du niemals das Schwimmen!«

Das hatte sie schön gesagt, und vielleicht hatte sie sogar ein bißchen recht damit. Schon Wilhelm Reich wußte, daß jeder irgendwo recht hat. Aber da sieht man wieder, daß manchmal Welten liegen zwischen dem, was einer denkt, und dem, was er sagt, denn ich antwortete: »Was redest du da für einen Blödsinn! Du hast meine Gefühle für dich systematisch überstrapaziert, und jetzt, wo du sie endlich ruiniert hast, wirfst du mir vor, daß ich ein Feigling bin! Ich kann dir da überhaupt nicht folgen.«

»Vergiß es«, murmelte Verena mit finsterer Miene und stand auf. »Ich geh' jetzt, es hat absolut keinen Sinn mit dir heute.« Sie schüttelte traurig den Kopf und sah mir in die Augen. »Weißt du, was das Problem zwischen uns ist? Du machst es mir unmöglich, ich selbst zu sein! Du nimmst mich nicht so, wie ich bin! Deshalb habe ich immer wieder versucht, dich zu verlassen. Aber ich konnte es einfach nicht.«

Auf einmal sprang mir die ganze Tragik unseres Verhältnisses ins Auge, und es tat mir in der Seele weh, daß zwischen Verena und mir so vieles schiefgegangen war. Vielleicht hätte ich ihr das auch sagen sollen, aber in dieser Situation brachte ich es einfach nicht über die Lippen.

Verena sah mich an, als würde sie auf etwas warten. Als nichts geschah, senkte sie den Blick, flüsterte »Mach's gut«, legte mir unbeholfen die Hand auf die

Schulter, sah mich traurig an und ging langsam aus dem Zimmer, aus der Wohnung, aus dem Haus – aus meinem Leben. Ich stand am Fenster und sah mit einem leeren, traurigen Gefühl, wie sie mit hängendem Kopf über die Straße zu ihrem Cabrio ging.

›Das hast du jetzt davon!‹ schimpfte der wütende Advokat meiner Libido mich aus, ›ein leeres, trauriges Gefühl. Hättest du mit ihr geschlafen, würde es dir und ihr jetzt bessergehen, du Rindvieh! Du hast den nachhaltigen Trost befriedigter Wollust deinem Stolz geopfert, du puritanischer Moralesel! Na, gibt dir dein Stolz so schöne Gefühle wie der Sex mit Verena? Tut er dir so gut? Schau mal in den Spiegel, wie frustriert du aussiehst! So sehen alle aus, die sinnlosen Triebverzicht leisten. Willkommen im Club der Langweiler und Lustfeinde, du Versager!‹

›Du denkst doch immer nur an das Eine!‹ gab mein Verstand beleidigt zurück: ›Lust! Lust um jeden Preis. Wenn es nach dir ginge, müßte ich jeden Abend mit einer anderen schlafen! Was versteht ein Triebapostel wie du schon von Dingen wie Selbstachtung, enttäuschtem Vertrauen, Abneigung gegen Lügen? Ein Mensch ist mehr als nur sein Körper!‹

›Daß du mit der Moral kommen würdest, war mir klar‹, bekam ich zu hören, ›du moralinsaures Opfer deiner sogenannten Selbstachtung, aber von Lust solltest du schweigen, weil du eben bewiesen hast, daß du sie sträflich unterschätzt! Sexuelle Befriedigung ist wichtiger als spießige Standhaftigkeit, glaub mir, aber bis du das kapiert hast, wirst du ein Opa sein, ein kaputter, alter Knacker mit zu späten Einsichten und zu frühen Potenzschwächen. Dann wirst du bitter bereuen, daß du nicht auf mich gehört hast! Aber dann wird es zu spät sein, und mein Spottgelächter wird dich bis ins Grab verfolgen.‹

Das waren ja schöne Aussichten!

Delphine

Als ich ernsthaft zu befürchten begann, Delphine nie mehr wiederzusehen, stand sie plötzlich vor meiner Tür. Es war der elfte Tag nach unserer Begegnung. Ich werde nie vergessen, wie sie mich anlächelte und ich wieder völlig hingerissen von der Schönheit ihrer Augen war. Sprachlos vor Freude sah ich sie an.

»Ich wollte schon früher kommen«, sagte sie, als wir uns gesetzt hatten, »aber ich hatte überhaupt keine Zeit. An der Schule war Examen, und ich mußte Hunderte von Klausuren korrigieren und benoten. Das war vielleicht ein Streß!«

Damit hatte ich eine Erklärung, die meine Befürchtung ausräumte, daß ihr langes Ausbleiben ein Zeichen geringen Interesses an mir war. Prüfungszeit war höhere Gewalt. Wer im Akkord Klausuren verbessern und bewerten mußte, war hinreichend entschuldigt.

»Ich dachte schon, du hättest mich vergessen«, sagte ich trotzdem, aber so, daß es nicht ernst gemeint wirkte. (Wieviel Bestätigung braucht ein Mensch, bis er sie nicht mehr braucht?)

»O nein!« versicherte sie mir entschieden, »ich hätte dich wirklich bestimmt schon eher besucht, wenn in der Schule nicht soviel Trubel gewesen wäre.«

Nun war ich regelrecht entschädigt für die lange Wartezeit. Etwas in mir entspannte sich, meine Seele atmete auf, und mit einem scheuen Lächeln wagte ich ihr zu sagen, daß ich öfter an sie gedacht hatte.

Mein Geständnis schien sie zu freuen. »Darf ich fragen, was du über mich gedacht hast?«

»Oh«, sagte ich, »das kann ich nicht mit ein paar Sätzen sagen.«

»Ich habe Zeit«, antwortete sie.

Da saß ich, sah in ihr lächelndes, erwartungsvolles Gesicht und wußte nicht, was ich sagen sollte. Am liebsten hätte ich ihr einfach nur in die Augen geschaut. Was immer ich auch über sie gedacht hatte, erschien mir plötzlich ganz nebensächlich. Wichtig war nur, daß sie gekommen war. Andererseits wollte ich sie nicht weiter wie ein verknallter Dorftrottel anstarren. Schließlich hatte ich sie neugierig gemacht! »Es war doch ein unglaublicher Zufall, daß ich gerade in dem Augenblick die Haustür öffnete, als du darauf zugelaufen kamst«, sagte ich schließlich. »Vielleicht war das einer dieser Zufälle, die im Grunde keine sind.«

Sie nickte mehrmals. Um meine Gedanken zu ordnen, stand ich auf und holte uns etwas zu trinken. Dann fragte ich sie, ob sie den dicken Mann noch einmal gesehen hätte, der sie an ihrem Geburtstag verfolgt hatte. Sie schüttelte den Kopf.

»Der Kerl ist ein Privatdetektiv«, klärte ich sie auf. »Er hatte den Auftrag, dich zu beschatten. Vielleicht tut er es immer noch.«

Sie sah mich ungläubig an. »Woher weißt du das?«

Ich erzählte ihr von meinem kecken Gespräch mit dem Schnüffler und beendete meinen Bericht mit den

Worten: »Eigentlich hätte ich es dir gleich sagen sollen, aber ich wollte dir nicht den Geburtstag verderben. War das falsch?«

Sie schüttelte nachdenklich den Kopf. »Nein, das war lieb. Aber warum beschattet mich ein Privatdetektiv? Warum?«

»Weil es jemanden gibt, der täglich ein paar hundert Mark zahlt, um zu wissen, was du so treibst.«

Delphine zog die Stirn in Falten. »So interessant ist das nicht, was ich mache, daß jemand dafür so viel Geld ausgibt. Ich verstehe das überhaupt nicht.« Ihre Ratlosigkeit war vollkommen überzeugend; Delphine wußte also wirklich nicht, wer sie womöglich beschatten ließ und was seine Motive hätten sein können. Sie hatte ihren Blick gesenkt und schien nachzudenken. Schließlich zuckte sie mit den Schultern: »Ist ja auch egal. Ich habe nichts zu verbergen.« Damit schien die Sache für sie abgehakt zu sein. Sie wechselte das Thema: »Was machst du eigentlich, wenn du nicht arbeitest?«

»Ich versuche, dem Leben das Mark auszusaugen«, gestand ich. »Thoreau hat einmal geschrieben, daß er das Dasein auskosten, das Mark des Lebens einsaugen wolle. Ich will es auch, aber es gelingt mir leider nicht immer, und wahrscheinlich ist es Thoreau auch nicht immer gelungen. Trotzdem – man braucht ein Lebensziel, wie ein Schiff einen Kurs braucht. Das Dasein auszukosten ist bestimmt nicht das schlechteste.«

»Ich habe manchmal das Gefühl, daß ich mein Leben ändern möchte«, bekannte Delphine, »als sei es nicht richtig, wie ich lebe. Vieles wiederholt sich. Jeden Morgen fahre ich zur Schule, ich gebe Unterricht. Vieles bewegt sich in immer gleichen Bahnen.«

»Dieselben Dinge täglich bringen langsam um«, zitierte ich Ernst Bloch.

»Ja!« stimmte Delphine zu, »aber was kann man dagegen machen?«

»Sich verändern«, antwortete ich. »Man darf keine Angst vor dem Neuen haben und sich nichts zur Gewohnheit machen oder machen lassen. Jedem Tag eine andere Farbe geben. Nicht immer auf denselben Trampelpfaden durch den Alltagsdschungel trotten. Neue Wege finden, neue Ziele suchen.«

»Das hört sich so einfach an«, sagte Delphine.

»Ist es im Grunde auch«, sagte ich, als ob ich nicht selbst gerade das beste Beispiel dafür abgab, wie schwer es war, mit den Veränderungen im Leben zurechtzukommen. »Man steht sich nur selbst im Weg mit seinem Sicherheitsbedürfnis, seiner Trägheit und Bequemlichkeit. Als Kinder waren wir alle mal Abenteurer, und was sind wir jetzt? Abenteuerfilmbetrachter, Abenteuerromanleser. Wenn's hochkommt, Abenteuerurlauber.«

In diesem Augenblick kam die Sonne durchs Fenster und warf ein warmes Licht auf Delphines Gesicht. Mit einemmal schämte ich mich für mein altkluges Geplapper. Ich verstummte und sah Delphine an. Wenn die Augen der Spiegel der Seele sind, hatte ich eine schöne Seele zu Gast. Während ich in Delphines Augen blickte, empfand ich unwillkürlich eine so starke Zärtlichkeit für sie, daß ich sie leise und schüchtern fragte, ob ich ihr einen kleinen Kuß geben dürfe. Sie sagte weder ja noch nein, lächelte aber so schön, daß ich keine Angst hatte, etwas falsch zu machen, als ich mich langsam vorbeugte und meine Lippen ganz zart auf ihre drückte. Nicht zu kurz, nicht zu lange. Intensiv und unaufdringlich zugleich.

Ich las in ihrem Blick, daß mein Kuß gut bei ihr angekommen war.

Vincent

Etwas später gingen wir ins Nirwana. Während ich Kerzen anzündete und uns französischen Wein einschenkte, entdeckte Delphine zu ihrer Freude ein großformatiges Buch mit Bildern von van Gogh in meinem Regal. Da ich wußte, daß sie diesen genialen Künstler schon als Kind bewundert hatte, fragte ich: »Verehrst du van Gogh noch immer so sehr wie damals, als junges Mädchen?«

Sie bejahte, ohne zu zögern.

»Als Maler oder als Mensch?«

»Als beides«, sagte sie. »Als Mensch war er wunderbar, ein wahrer Christ. Er wollte Pastor werden, und die evangelische Kirche hat ihn dann auch als Seelsorger in ein sehr armes Dorf geschickt, wo Familien lebten, deren Väter für einen Hungerlohn im Bergbau arbeiteten. Alle Leute in dem Dorf waren sehr arm, und viele auch krank. Vincent hat ihnen fast sein ganzes Geld geschenkt, das er von der Kirche bekam, bis er genauso arm und krank war wie sie. Er war von großer Güte, eigentlich war er zu gütig. Er stellte die Nächstenliebe über sein persönliches Wohl. Er tat genau das, was Jesus gepredigt hatte. Der Kirche gefiel das nicht. Man sagte ihm, daß er als Vertreter der Kirche ein würdiges Leben führen solle, aber er machte so weiter wie bisher. Schließlich mußte er das Dorf verlassen. Ich verehre ihn aber auch wegen seiner Leidenschaft. Er führte ein leidenschaftliches Leben für seine Malerei, er vergaß manchmal zu schlafen und zu essen. Vielleicht imponiert mir das so, weil ich selbst gern ein solches Leben führen würde. Seine Bilder strahlen so viel aus! In ihnen erkenne ich Vincents Leidenschaft, und auch seine Naivität und Unbeholfenheit. In seinen späten Bildern sehe ich seine Verwirrung, den nahenden Wahnsinn.«

»Woran ist van Gogh wahnsinnig geworden?« fragte ich, »an der Welt, an sich selbst?«

»An seiner Besessenheit, seiner grenzenlosen Leidenschaft. Er lebte nur für seine Malerei, schlief und aß tagelang nicht, vernachlässigte alles andere. Aber ich glaube, er hat es so gewollt. Er hätte ein gutes, bequemes Leben führen können. Seine Familie besaß Galerien und war recht wohlhabend. Vincent hat auch einmal versucht, in dieser Welt zu leben, als Verkäufer in der Galerie seines Onkels. Wenn dann ein Kunde kam und ein Bild kaufen wollte, kritisierte er das Bild und machte es so schlecht, daß der Kunde es nicht mehr kaufen mochte. Er war eben ehrlich, spontan. Für seine Familie war er ein Versager, der schwarze Schaf. Nur Théo, sein Bruder, hielt zu ihm. Ohne Théo wäre er schon früher zugrunde gegangen.«

»Es gibt ein sehr schönes Lied von Don McLean über Vincent«, sagte ich, »magst du es hören?«

Sie bejahte, und ich legte ›Vincent‹ von Don McLean ein, die seelenvolle, lyrische Hommage an van Gogh. Ich war der Musik dankbar, daß sie mir, unter dem Vorwand, ihr zu lauschen, die Möglichkeit zu schweigen gab, die Gelegenheit, Delphine einfach nur anzusehen und ihre Gegenwart zu genießen.

Während Delphine und ich der Musik lauschten, war es mir plötzlich, als begännen wir uns innerlich zu erzählen, was wir uns mit Worten nicht sagen konnten. Ich war aufgeregt, versuchte aber, es mir nicht anmerken zu lassen. Die Fenster meiner Seele standen weit offen, und ein wunderbares Licht schien in sie hinein.

Ich war mir des Glücks bewußt, Sternminuten zu erleben. Es war ein überwältigendes Gefühl der Vereinigung unserer Seelen im Geist der Musik. Ich spürte, dies war einer jener kostbaren, magischen Momente, die ein Leben von Grund auf verändern können. Ich beugte mich vor und legte meine Hand zärtlich auf Delphines Schulter, dann auf ihren Hals, während wir uns fortwährend in die Augen sahen. Wie von selbst fanden sich unsere Lippen zu einem überwältigenden Kuß.

Delphine blieb bis Mitternacht bei mir. Am nächsten Morgen, sagte sie beim Abschied, müsse sie leider früh zur Arbeit. Ich widerstand der Versuchung, ihr anzubieten, bei mir zu übernachten. Die erste gemeinsame Nacht sollte sich von selbst ergeben. Alles wirklich Schöne in der Liebe ergibt sich von selbst.

Ich war wunschlos glücklich. Delphine hatte mir ein herrliches, neues Lebensgefühl geschenkt. Und es war in Ordnung, daß sie ging. Wenn man gleich nach dem ersten Kuß miteinander ins Bett taumelt, bringt man sich um eine der schönsten Freuden in der Liebe – die

Vorfreude. Es lag ein stillschweigendes Einverständnis in unserem Abschiedskuß, daß wir unsere Vorfreude voll auskosten würden.

Eine erstaunliche Dreiecksgeschichte

Am nächsten Morgen fühlte ich mich phantastisch! Normalerweise hat meine Morgenstund kein Gold im Mund. Die besten Erfahrungen meines Lebens habe ich vorwiegend nach Sonnenuntergang gemacht. Jetzt federte ich gegen neun Uhr aus dem Bett und vibrierte nur so vor Lebenskraft. Weder gähnte ich, noch störte mich der tief hängende, graue Himmel beim ersten Blick durchs Fenster. Ein mittleres Wunder war geschehen! Ich fühlte mich beschwingt, beschenkt, rundum erneuert und gefeit gegen alle Widrigkeiten des Lebens. All you need is love. Die Beatles hatten recht. Ich hatte es immer gewußt.

Als ich später in die Stadt fuhr, um mir ein Buch zu besorgen, sahen mich einige Frauen auf meinem Weg durch die Fußgängerzone interessiert an. Wahrscheinlich war mir anzumerken, daß ich verliebt war. Es gibt ja keine attraktiveren Menschen als verliebte.

Neben einem Karstadt-Eingang saß eine junge Bettlerin auf dem Asphalt, ein paar Mark in der leicht vorgehaltenen Hand. Ich blieb stehen und sah auf ihre Hand. Und dann tat ich etwas, das mich selbst überraschte. Ich zog einen Fünfzigmarkschein aus meiner Jeans-Tasche und legte ihn der Frau in die Hand. Ich schenkte ihr die fünfzig Mark, die ich dem dicken Detektiv aus der Tasche gezogen hatte. Die Bettlerin lächelte mich völlig überrascht an, wobei ihre Augen aufglänzten.

Dann kaufte ich das Buch und machte mich auf den Rückweg zu meinem Auto. Plötzlich rief jemand meinen Namen: »He, Jan! Warte doch mal!«

Ich sah zur Seite und kam in den fragwürdigen Genuß des grinsenden und immer näher kommenden Gesichtes des Mannes, mit dem Verena schon lange ihr böses Spiel trieb: Max, der unermüdliche Langstreckenbuhler um Verenas Gunst! Erst wollte ich kommentarlos weitergehen, dann interessierte mich doch, was er mir zu sagen hatte, und ich rang mir ein lässiges »Na? Wie geht's?« ab. Ich hatte Max ein paarmal auf Parties gesehen und nicht den Hauch eines Bedürfnisses nach näherer Bekanntschaft mit ihm verspürt.

»Es könnte bessergehen«, sagte er. »Und wie geht's dir?«

»Es könnte nicht besser gehen«, ließ ich ihn wissen, was ihm ein erstauntes »Aha? Das wundert mich aber!« entlockte. Was daran verwunderlich sei, fragte ich und bekam eine fast vorwurfsvoll klingende Antwort: »Wenn Verena mit *mir* Schluß gemacht hätte, würde es mir nicht gutgehen.«

Ich lachte Max ins Gesicht, was ihn irritierte. »Hat sie dir erzählt, daß *sie* Schluß gemacht hat? *Ich* habe Schluß gemacht«, klärte ich ihn auf, »falls du Verwendung für die Wahrheit hast.«

Max sah mich skeptisch an. Ich merkte, daß er mir

nicht glaubte. »Wer es auch war«, sagte er schließlich, »ich bezweifle, daß eure Trennung endgültig ist.«

Ich mußte erneut lachen. »Du hast Probleme!«

Er warf mir einen verärgerten Blick zu, musterte mich etwas respektlos und sagte: »Ich habe gedacht, mit dir könne man reden.«

Ich schüttelte bedauernd den Kopf: »Nicht über Verena.«

»Und über Pablo? Der ist doch dein Freund. Kaum ist Schluß mit dir, schon fängt Verena ... Was findet sie eigentlich an diesem Zwerg?«

»Dieses Rätsels Lösung mußt du in Verenas Seele suchen. Aber ich bezweifle, daß du es findest. Ihre Seele ist ein Labyrinth, in dem sie sich selbst nicht auskennt.«

»Und du? Kennst *du* dich in deiner Seele aus?« konterte er.

»Gut genug, um zu wissen, daß Verena und ich auseinander sind. Endgültig. Glaub es oder glaub es nicht!« sagte ich und ging weiter.

Das Leben schafft lustige Konstellationen – mein Ex-Nebenbuhler als Konkurrent meines Ex-Freundes um die Gunst meiner Ex-Geliebten! Die erstaunliche Dreiecksgeschichte meiner Ehemaligen. Sollten sie ihre Lust und ihren Frust miteinander haben, meinen Segen hatten sie!

Auf mich wartete ein neues Leben, und ich war bereit, es zu umarmen.

Auf der Flucht

Für den Abend hatte mich Delphine zu sich nach Hause eingeladen. Ich klingelte, und kaum waren wir in Delphines Wohnung, küßten wir uns, bis mir die Knie weich wurden und ich mich nur noch mit Mühe auf den Beinen halten konnte. Spätestens jetzt wurde mir klar, daß Delphine ein Genie im Küssen war. Ihr Mund hatte magische Fähigkeiten, ihre Küsse waren purer Zauber. So hatte mich noch keine Frau geküßt, mit der Energie eines Wasserfalls, der Hitze eines karibischen Sommertages und der Klarheit eines Bergsees.

Man ist ja fähig, sich in puncto Liebe einiges vorzumachen. Man kann sich Liebe einbilden, weil man sie unbedingt braucht oder sich einbildet, sie unbedingt zu brauchen. Aber was ich fühlte, war aufregend real, voller Kraft und *über jeden Zweifel erhaben.* Delphine hatte das pure Leben in sich. Jede Minute mit ihr stärkte meine Überzeugung: Das Beste, das mir überhaupt geschehen konnte, war, daß ich mich in Delphine verliebt hatte.

In diesem Augenblick klingelte leider das Telefon. Delphine hob nach kurzem Zögern ab, sagte »Allo« und dann eine ganze Weile gar nichts, wobei ihr Gesicht immer ernster wurde. »Pas ce soir«, entschied sie schließlich. Wer auch immer am anderen Ende der Telefonleitung war, er schien sich mit dieser Antwort nicht zufriedenzugeben. »Heute abend nicht!« wiederholte sie auf deutsch. »Nein, es geht wirklich nicht. Non! Ich weiß nicht – vielleicht. Non, das möchte ich nicht. *Nein.* Salut.«

Delphines Gesicht war ungewohnt ernst, als sie sich wieder mir zuwandte. Ihre Hand spielte nervös mit dem Saum ihrer Bluse. Ich fragte mich nicht zum ersten Mal, ob das Telefon wirklich eine gute Erfindung war. Offensichtlich hatte eben ein Rivale um Delphines Gunst bei ihr angerufen, der massive Sehnsucht nach ihr verspürte. Früher oder später mußte ja so etwas passieren! Ich versuchte, es mit Fassung aufzunehmen, und wurde heimlich ein kleines bißchen traurig.

Delphine starrte zu Boden, als suche sie dort nach den richtigen Worten. »Hoffentlich kommt Richard nicht vorbei. Er will unbedingt sofort mit mir reden. Ich habe ihm gesagt, es geht heute abend nicht, aber er kann sehr hartnäckig sein.«

Ich weiß nicht, ob es mir gelang, meine Enttäuschung einigermaßen zu verbergen. Eben noch hatte ich mich glücklich gepriesen, mich in Delphine verliebt zu haben, und jetzt kam die Ernüchterung. Wie hatte ich Idiot nur glauben können, eine Frau wie Delphine sei nicht längst schon vergeben. Als ob sie ausgerechnet auf mich gewartet hätte! Na ja, die zauberhafte Stimmung, die uns eben noch umhüllt hatte, war jedenfalls gründlich verdorben. Und der Abend, so schien es, auch. Richard! Wer war dieser Richard überhaupt? Warum mußte er ausgerechnet jetzt dringend mit Delphine sprechen? Wahrscheinlich würde er sogar in Kürze auf der Matte stehen. Und was dann? Alles Fragen, die ich ungestellt ließ, zugunsten einer weiteren, die mir unwillkürlich von der Zunge sprang: »Hat er einen Wohnungsschlüssel?«

»Non.« Delphine warf einen Blick auf die Uhr. »Ich glaube, wir gehen trotzdem lieber. Wenn er Licht bei mir sieht, wird er so lange klingeln, bis ich aufmache. Er klang ziemlich entschlossen. Ich kenne eine französische Kneipe, da ist es ganz gemütlich. Sie heißt ›Figaro‹. Warum fahren wir nicht dorthin?«

Mir gefiel zwar nicht, daß wir wie ertappte Diebe die Flucht ergriffen, aber ich erhob keinen Einspruch.

»Denke nicht, daß ich Angst vor Richard habe«, sagte Delphine. »Ich will nur vermeiden, daß wir ihm begegnen. Er würde garantiert versuchen, uns den Abend zu verderben.«

Als ich einen Parkplatz in der Nähe des ›Figaro‹ gefunden hatte, kam Delphine auf den Gedanken, daß Richard sie dort suchen könnte, und so landeten wir schließlich im ›Bistro Brasil‹. Der Barkeeper, ein muskulöser Sonnyboy mit offenem Hemd, strahlte von einem Ohr zum anderen, als er Delphine sah. Hier waren wir fürs erste vor Richard sicher.

Ein nervöser Sohn und eine unberechenbare Mutter

Nach dem zweiten Coco loco wußte ich das Wichtigste über Richard, den sturen Störenfried. Er war Jura-Student im Abschlußsemester, von wachsendem Prüfungsdruck geplagt und deshalb zur Zeit gestreßt und nervös. Zwei Jahre lang war Delphine mit ihm befreundet gewesen. Vor drei Monaten hatte sie sich von ihm getrennt, was er allerdings nicht wahrhaben wollte.

Er hatte auch noch andere Probleme, dieser Richard. Wenn er sein Staatsexamen nicht bestand, drohte ihm Unbill von seiner reichen und tyrannischen Mutter Helene. Sie besaß eine Modeschmuck-Ladenkette mit dreiundzwanzig Filialen, die sie auf Richards Namen zu überschreiben gedachte, sobald er sein Examen bestanden hatte. Der Haken an der Sache war, daß Richard nur die Firma kriegte, wenn er sich mit einer gewissen Angelika Blockmann verlobte, Helenes rechte Hand im Geschäft und Wahltochter im Privatleben. Richard wollte die Firma unbedingt haben, aber auf keinen Fall Angelika heiraten. Er durfte sie aber auch nicht vor den Kopf stoßen, weil sie enormen Einfluß auf Helene hatte. Helene hatte Richards Einwände gegen eine Ehe mit der fünf Jahre älteren Angelika mit der Bemerkung vom Tisch gefegt, eine reife Frau sei genau das, was er brauche. Er solle sie heiraten, dann käme der Rest schon von selbst – was immer das auch sein mochte. Ich konnte verstehen, daß der Mann mit den Nerven am Ende war.

Delphine hatte sich am Ende von Richard getrennt, weil er sich nie getraut hatte, seiner Mutter die Verkupplungspläne mit Angelika auszureden. Ja, er hatte sogar auf Insistieren der Mutter mit Angelika zwei Wochen Urlaub auf Martinique gemacht. Angeblich, so Richard, war alles ganz harmlos gewesen, aber diese Reise hatte für Delphine das Faß zum Überlaufen gebracht. Sie hatte es endgültig satt, die Freundin eines Mannes zu sein, der ein Sklave seiner Mutter war. Sie empfand nichts mehr für ihn. Er hatte das Minimum an Rückgrat, Stolz und Selbstachtung unterschritten. Ein bißchen Opportunismus dann und wann hätte sie verstanden, aber die zu grotesker Selbstverleugnung ausgearteten Anpassungsübungen an Mamas Willen, zu denen der Blick auf das große Geld Richard immer aufs neue trieb, hatten sie mehr und mehr abgestoßen. Für Delphine war die Beziehung zu Richard am Tag seines Abflugs nach Martinique beendet gewesen – und das hatte sie ihm auch gesagt, als er zwei Wochen später braungebrannt mit einem Blumenstrauß vor der Tür gestanden hatte.

»Money changes everything«, zitierte ich Cindy Lauper.

»Bei ihm auf jeden Fall«, stellte Delphine fest. »Aber er scheint es nicht zu merken. Er sieht nur das, was er sehen will. Er will nicht sehen, daß seine Mutter ihn zu ihrem Hampelmann gemacht hat. Und er will nicht sehen, daß es mit uns vorbei ist. Ich hätte nie gedacht, daß er so stur sein kann. Ich gehe schon nach dem Unterricht durch den Hintereingang aus der Schule, um ihn nicht zu treffen, weil er öfter vor dem Haupteingang auf mich wartet.«

»Vielleicht hast du ihm nicht klar genug gesagt, daß Schluß ist?«

»Ich habe es ihm mehrmals deutlich und klar gesagt. Ich habe es ihm begründet. Was soll ich noch tun? Soll ich ihn anschreien? Soll ich mir die Haare raufen und mit den Augen rollen, damit er es mir glaubt? Übernächste Woche hat er seine Abschlußprüfung. Vorgestern hat er mich vor der Haustür abgepaßt und gefragt, ob ich nicht nach seinem Examen mit ihm nach Prag fahren möchte.«

»Und, was hast du geantwortet?«

»Daß er allein reisen muß. Es würde ihm keinen Spaß machen, allein zu reisen, sagte er. Dann soll er doch mit seiner Mutter nach Prag fahren, hab' ich ihm vorgeschlagen.«

Ich war beruhigt. Dieser Richard war kein Rivale mehr, er war ein zum Hampelmann gewordener Mann aus Delphines Vergangenheit, der nicht schnallte, daß es vorbei war. Er hatte Delphines Gefühle aufs Spiel gesetzt und verloren, um sich die wackelige Option auf das mütterliche Kapital zu sichern. Millionen hin, Millionen her – sich von seiner Mutter ernsthaft in sein Liebesleben pfuschen zu lassen, ging entschieden zu weit. Wer so tief gesunken war, hatte sich als ernstzunehmender Konkurrent disqualifiziert.

Es war zehn Uhr geworden. Eine geschlagene Stunde hatten wir über Richard gesprochen. Vor ihm waren wir getürmt. Wegen ihm tauschten wir Worte in einem verqualmten Bistro, anstatt Küsse auf Delphines Couch. Das durfte auf gar keinen Fall einreißen. Richard mußte bei nächster Gelegenheit klargemacht werden, was die Stunde geschlagen hatte. Ich war entschlossen, meinen Teil dazu beizutragen.

»Fahren wir zurück«, schlug ich vor.

»Vielleicht sitzt Richard in seinem Auto vor dem Haus und wartet auf mich.«

»Immer noch?«

»Oder schon wieder. Er kann hartnäckig sein. Er weiß, daß ich morgen früh arbeiten muß und deshalb nicht spät nach Hause komme. Er will ja unbedingt mit mir reden. Aber ich will nicht.«

»Dann komm doch mit zu mir«, bot ich Delphine an, »du kannst bei mir schlafen, dann kann er warten, bis er schwarz wird.«

Das eigentliche Leben

Kaum waren wir bei mir zu Hause, schien alles, was diesen Abend so plötzlich getrübt hatte, wie vergessen. Wir redeten nicht mehr von Richard, sprachen überhaupt kaum noch, als hätten wir eine stillschweigende Übereinkunft geschlossen, jetzt endlich unseren Gefühlen freien Lauf zu lassen.

Delphines Küsse waren warme, prickelnde Wellen in meinem Körper, die immer höher, immer stärker wurden. Wir sanken aufs Bett und hörten nicht auf, uns zu küssen, als hätten unsere Lippen ein Leben lang darauf gewartet, sich zu berühren, sich zu spüren. Wir atmeten den berauschenden Duft einer sich erfüllenden Sehnsucht. Ich vergaß alles um mich herum und spürte nur noch Delphines Leidenschaft, die Weichheit und den Duft ihrer Haut, die Frische und Schönheit ihres Körpers. Ihr Herz klopfte, als wolle es zerspringen. Ich fühlte, daß wir uns liebten, und eine unbeschreibliche Freude durchströmte mich.

Ich wußte wieder, was Glück bedeutet. Ich hatte es vergessen, weil ich zu lange nicht mehr glücklich gewesen war. Es bedeutet mehr als alles andere auf der Welt, es ist das eigentliche Leben.

Späte Erkenntnisse

Als ich am nächsten Morgen aufwachte, lag ein Zettel auf dem Boden vor dem Bett. »Ich wollte Dich nicht wecken, Du hast so schön geschlafen. Leider muß ich zur Schule. Das fällt mir sehr, sehr schwer. Ich rufe Dich heute nachmittag an. Ich küsse Dich. Delphine.«

In der Post war ein Brief von Verena. Seit ich sie kannte, hatte ich noch keinen einzigen Brief von ihr bekommen. Eigentlich hatte ich an diesem Morgen für nichts anderes Sinn als für Delphine und für meine Verliebtheit. Aber dennoch war ich gespannt, was Verena mir zu schreiben hatte. Also öffnete ich den Umschlag und las:

»Jan, Du wunderst Dich bestimmt, daß ich Dir schreibe. Du fehlst mir. Ich habe versucht, mich von diesem Gefühl abzulenken, aber es ist mir nicht gelungen. Wie fühlst Du Dich jetzt? Was ich eigentlich sagen will: Laß uns noch einmal miteinander reden, ohne Ironie, ohne Bitterkeit. Ich komme am Donnerstag um zwölf Uhr zu Dir.« Ich warf einen Blick auf die Uhr. Verena würde in etwa einer Stunde vor der Tür stehen, wenn sie pünktlich war. Aber ich mußte ja nicht öffnen. »Du brauchst mir nicht aufzumachen, wenn Du Angst vor mir hast«, schrieb sie im Postskriptum. Wieso sollte ich Angst vor ihr haben?

Verena kam pünktlich. Es war ein seltsames Gefühl,

ihr gegenüberzustehen. Sie lächelte mich an und sagte: »Hallo. Wie geht es dir?«

»Sehr gut. Und dir?«

»Wollen wir hier an der Tür reden?«

Ich bat sie hinein. Wir setzten uns an den Küchentisch, und ich goß uns Orangensaft ein. Sie trug ihren engen, schwarzen Rock und einen knallbunten Pulli.

»Tja«, sagte sie und suchte meinen Blick. »Gut, dich zu sehen. Ich hatte schon fast vergessen, wie du aussiehst.«

»Verena, was willst du von mir?« kam ich gleich zur Sache.

Sie lächelte auf eine Weise, die ich noch nie bei ihr gesehen hatte. »Es ist einiges passiert, seit wir uns zuletzt gesehen haben. Mir ist klargeworden, daß ich Fehler gemacht habe. Ich habe mit Pablo Schluß gemacht. Mit Max auch.«

Ich traute meinen Ohren nicht. Verena gab zu, Fehler gemacht zu haben! Sie hatte Pablo verlassen. Das war zu erwarten gewesen. Daß sie auch ihrem Mäxchen den Laufpaß gegeben hatte, war allerdings eine echte Überraschung. War Verena reif geworden – oder einfach nur kurzfristig verwirrt?

»Ich habe intensiv darüber nachgedacht, warum ich immer wieder diese dramatischen Abgänge gemacht habe, zu denen ich hinterher nicht stehen konnte«, fuhr sie fort. »Hast du dir eigentlich mal darüber Gedanken gemacht?«

»Sicher«, antwortete ich. »Aber das hat mir nicht weitergeholfen.«

»Ich habe dich verlassen wollen, weil ich Angst hatte, daß *du* mich verläßt, verstehst du? Die Konsequenzen dieser Angst haben nun dazu geführt, daß du mich tatsächlich verlassen hast. Ist das nicht absurd? Als ich neun war, brannte mein Vater mit einer jungen Frau nach Südamerika durch, und seitdem habe ich nichts mehr von ihm gehört. Bis dahin hatte ich meinen Vater vergöttert. Die Psychologie sagt, der Vater sei die erste Liebe eines Mädchens. Von ihm verlassen zu werden, war eine furchtbare Enttäuschung, ein Schock, den ich damals wohl verdrängt habe, um zu überleben. Ich glaube, seitdem habe ich unbewußt eine panische Angst davor, von dem Mann, den ich liebe, im Stich gelassen zu werden.«

»Warum hast du mir nicht eher davon erzählt?« fragte ich.

»Warum wohl? Weil es mir erst durch unsere Trennung bewußt geworden ist.«

»Hast du dich deshalb von Max getrennt? Weil du Angst hattest, er könnte mit dir Schluß machen?«

»Nein. Max sollte dir nur zeigen, daß auch andere Männer mich begehren. Du solltest dir meiner Liebe nicht zu sicher sein. Wenn eine Frau sich ganz auf einen Mann fixiert, wird sie bald für ihn langweilig, und dann sucht er nach einer anderen, die er erobern kann.«

»Vielleicht – vielleicht auch nicht. Aber warum hast du Pablo verführt? Meinen besten Freund?«

»Ich weiß es nicht«, sagte Verena leise und suchte meinen Blick. »Jan – warum können wir nicht alles vergessen und noch einmal von vorn anfangen?«

»Es ist zu spät, Verena. Ich habe mich verliebt.«

Sie gab einen leisen, klagenden Laut von sich. Dann stand sie abrupt auf, kam auf mich zu und drückte ihre Stirn an meine. Als ich das Gefühl hatte, daß sie kaum noch die Tränen zurückhalten konnte, löste sie sich ruckartig von mir und lief aus der Wohnung.

Das Ende einer Freundschaft

Etwa drei Stunden später klingelte es zum zweiten Mal an diesem Tag. Pablo stand vor der Tür. »Hallo«, sagte er, »willst du mich nicht reinlassen?«

Pablo sah schlecht aus, blaß und müde, und er wirkte ziemlich deprimiert. Recht geschah es ihm, dem aalglatten Lügner! Ich ließ ihn herein, gespannt darauf, was er mir zu sagen hatte, und machte mich auf einen umständlichen Gesprächsanfang gefaßt.

Pablo rutschte eine Weile auf dem Sessel hin und her. Schließlich fand er die Einleitung, die er anscheinend gesucht hatte: »Wenn der Psychiater Michael Liebowitz recht hat, ist die Verliebtheit eine Droge, die wir selbst produzieren, und zwar in unserem Kopf. Die euphorisierende, aufputschende Substanz heißt Phenylethylamin. Sie läßt unseren Adrenalinspiegel steigen und trägt uns auf Wolke neun, wo wir maximal drei Jahre bleiben können. Dann spätestens haben sich die Nervenfasern an den Phenylethylaminausstoß gewöhnt und werden unempfindlich. Die Höchstdauer der Verliebtheit ist also vorprogrammiert.«

»Ein Grund mehr, sie in vollen Zügen zu genießen«, konstatierte ich. »Vielleicht kann man ja auch mehr als drei Jahre schaffen. Jede Regel hat ihre Ausnahmen.«

»Liebowitz sagt nein.«

»Vergiß Liebowitz«, riet ich Pablo. »Verliebtheit ist mehr als ein körpereigener Drogenrausch.«

»Wie auch immer: Verena«, druckste er herum, »na ja, weißt du, es ist nicht bei dem einen Mal geblieben, von dem ich dir erzählt habe. Irgendwie habe ich mich total verguckt in sie, ich konnte gar nicht anders. Wie Liebowitz sagt: Im Rausch der Verliebtheit bist du nicht mehr du selbst.«

»Im Gegenteil, Pablo. Du bist mehr du selbst, als du es je warst. Du feierst das Leben. Und das Leben feiert dich, weil du seine Schönheit erkannt hast.«

»Mir ist nicht mehr nach Feiern zumute«, gestand er. »Verena hat mich fallenlassen wie eine heiße Kartoffel. Ich bin auf Phenylethylamin-Entzug. Ich kann nicht mehr arbeiten, ich kann nicht mehr schlafen. Es ist die Hölle. Du hast doch gute Schlaftabletten. Kann ich ein paar davon haben? Ich muß unbedingt mal wieder durchschlafen.«

»Na klar«, sagte ich.

Anstatt sich zu bedanken, schlug Pablo plötzlich mit der Faust auf den Tisch, was er in meiner Gegenwart noch nie getan hatte. »Dieses verdammte Miststück ... Ach, vergiß es! Ich war ein Trottel zu glauben, daß es was werden könnte mit Verena und mir. Ich war ein ausgemachter Dussel. Und Dummheit wird bestraft.«

Dem hatte ich nichts hinzuzufügen. Wir saßen noch eine Weile in einer seltsamen Atmosphäre schweigend da. Schließlich stand Pablo auf und sagte: »Ich trolle mich dann mal.«

Ich holte die Schlaftablettenpackung aus dem Arzneischrank und gab sie ihm. Er bedankte sich. Als wir an der Wohnungstür standen, sah er mir traurig in die Augen. Ich spürte einen dicken Kloß im Hals. Wir verabschiedeten uns schweigend, und er ging mit hängendem Kopf.

Ich schloß die Tür mit dem Gefühl, soeben unsere Freundschaft zu Grabe getragen zu haben. Pablo hatte mich damals einfach zu glatt belogen. Man konnte nicht einmal von einer Notlüge sprechen. Die Wahrheit hätte ihn nicht in Schwierigkeiten gebracht. Wenn er an jenem verregneten Abend am Telefon gesagt hätte, daß er auf dem besten Weg sei, mit meiner Ex-Freundin intim zu werden, hätte ich das akzeptiert. Früher oder später jedenfalls. Ehrlichkeit hat immer etwas Versöhnendes, auch wenn sie bitter im Geschmack ist. Seit Pablos Nasenspray-Lüge aber war eine wesentliche Säule unserer Freundschaft zu Bruch gegangen. Ich konnte ihm nicht mehr richtig vertrauen.

Ich ging zum Fenster und sah Pablo mit hängenden Schultern zu seinem Auto trotten. Es war ein trostloses Bild. Ich mußte an unsere gemeinsamen fröhlichen Reisen nach Dänemark und Schweden denken, die guten Gespräche, die langen Spaziergänge am Strand, und mir sank das Herz. Ich riß das Fenster auf und rief: »Pablo! Warum hast du mich angelogen?«

»Wieso? Wann?« rief er überrascht zurück.

»An dem Abend, als ich bei dir anrief und du angeblich mit Schnupfenspray beschäftigt warst.«

»Müssen wir das auf diese Art besprechen?« rief er zu mir hoch.

»Warum die Lügen, Pablo?« insistierte ich.

»Ich wollte dich schonen!«

Ich lachte kurz, aber bitter. Das war ja wirklich die billigste Antwort, die einem einfallen konnte. Mag sein, daß sie durchaus ein Körnchen Wahrheit enthielt, aber eben nur ein Körnchen. Er wollte mich schonen! Als ob das wirklich alles gewesen war. Herrlich! Ein wahrer Freund, der junge Mann dort unten! Wollte mir nicht den Abend verderben. Wie edel! Aber selbst wenn es wirklich so gewesen sein sollte: er hätte mich dennoch nicht anlügen dürfen. Und selbst eben noch, als ich ihn zur Rede gestellt hatte, hatte er erst versucht auszuweichen. Und noch jetzt zeigte er nicht einmal einen Anflug von schlechtem Gewissen oder Reue. Und das wollte mein Freund sein!

»Ich weiß deine Rücksichtnahme zu schätzen!« antwortete ich. »Aber die Wahrheit wäre mir lieber gewesen. Ehrlichkeit erhält die Freundschaft!«

»Und wie soll es jetzt weitergehen?« rief Pablo.

Da hatte er eine gute Frage gestellt. Ging es überhaupt noch weiter? So wie bisher jedenfalls nicht. Ich fragte mich, warum ich die Sache nicht einfach vergeben und vergessen konnte. Sollte eine gute Freundschaft nicht auch mal eine Lüge verkraften können?

»Warten wir's ab!« rief ich zurück. Sollte die Zeit entscheiden! Vielleicht würde es einen neuen Anfang zwischen uns geben, vielleicht auch nicht. Jetzt brauchte ich erst einmal Abstand. Pablo schien sich mit meiner Antwort zufriedenzugeben. Er nickte und winkte lahm zu mir hoch, und ich winkte auch nicht gerade schwungvoll zurück.

Als ich das Fenster geschlossen hatte, fiel mein Blick auf ein Foto an der Wand, auf dem Pablo und ich Arm in Arm auf einem Fischerboot vor der Küste Dänemarks in die Kamera grinsen. So würde es nie mehr zwischen ihm und mir sein, erkannte ich wehmütig. Falls Verena beabsichtigt hatte, meine Freundschaft zu Pablo zu sabotieren, war es ihr wohl gelungen.

Ich nahm das Urlaubsfoto von der Wand und legte es in die unterste Schreibtischschublade, zu dem Foto von Verena. So waren wir alle drei noch einmal vereint, zumindest bildlich.

Die beiläufige Enttarnung des großen Unbekannten

Am Nachmittag rief Delphine mich an und lud mich zu einem französischen Essen zu sich nach Hause ein. »Ich sehne mich nach dir«, sagte sie. Ich machte einen inneren Luftsprung.

Pünktlich um acht klingelte ich an ihrer Haustür. Sie kam mir mit besorgtem Gesichtsausdruck im Treppenhaus auf halbem Weg entgegen. Mein Herz, das vor Freude ohnehin schon schnell geschlagen hatte, begann vor Schreck zu rasen. »Delphine, was ist passiert?« rief ich ihr entgegen.

Sie sagte nichts und umarmte mich fest. Als wir uns voneinander lösten, flüsterte sie: »Es ist etwas Blödes passiert. *Richard* ist oben. Er hat vor fünf Minuten geklingelt, und ich habe die Wohnungstür offenstehen lassen, weil ich dachte, daß du es bist. Ich mußte schnell zum Herd zurück. Und da ist er einfach reingekommen. Ich habe ihm gesagt, er soll sofort wieder gehen. Daß ich Besuch erwarte. Er sagte, daß er erst wieder geht, wenn ich mit ihm geredet habe. Jetzt sitzt er da oben. Am besten ist, wir verschwinden. Schade um das schöne Essen, aber wenn wir hierbleiben, wird Richard uns den Abend verderben.«

Da war er wieder, der klassische Konflikt: flüchten

oder standhalten? Sollten wir ein zweites Mal vor Richard fliehen? Einmal hatte mir eigentlich schon genügt. Wenn er sein Gespräch bekam, ließ er Delphine vielleicht endlich in Ruhe.

»Ich glaube, es ist besser, wenn du mit ihm redest. Ein letztes Mal. Vielleicht kapiert er, daß es wirklich aus ist, wenn ich mit dabei bin«, schlug ich vor. »Ich werde dir helfen. Wir sind zwei gegen einen.«

Oben saß Richard breitbeinig in einem Sessel. Er warf mir einen finsteren Blick zu und sah dann ostentativ zum Fenster hinaus. Dann schien er sich auf seine Manieren zu besinnen, wandte sich wieder zu mir und sagte steif und knurrig: »Abend.«

Ich erkannte auf den ersten Blick, daß ich ihn nicht mochte. So indigniert, wie er dasaß, hatte er die Ausstrahlung einer Nervensäge, den Blick eines Möchtegern-Hypnotiseurs und den falschen Frisör. Mag sein, daß er früher mal ganz in Ordnung gewesen war, aber sein Kampf um Delphine hatte ihn wohl verändert, und das nicht zu seinem Vorteil.

»Abend«, knurrte ich zurück. »Sie wollen also dringend mit Delphine reden.«

»*So* nicht«, erwiderte er, »ich will mit Delphine allein sprechen.«

»Sie werden meine Gegenwart schon schlucken müssen, sonst können Sie am besten gleich wieder gehen.«

»Ich bleibe so lange hier sitzen, bis ich mich mit Delphine ausgesprochen habe«, drohte er. »Ihr könnt euch euer Essen ja später aufwärmen. Also bitte lassen Sie uns jetzt allein!«

Ich suchte nach einer angemessenen Antwort, als Delphine ihre Hand auf meine Schulter legte und leise, aber bestimmt sagte: »Jan bleibt hier. Wenn du das nicht akzeptierst, mußt du gehen. Wenn du nicht gehen willst, gehen wir.«

Richard verzog den Mund. »Meinetwegen kann er ja in der Wohnung bleiben. Aber er soll wenigstens ins andere Zimmer gehen. Ich kann sonst nicht richtig mit dir reden!«

Delphine hatte recht, der Mann war wirklich stur. Statt einer Antwort bugsierte sie mich sanft auf das Sofa und setzte sich neben mich. Richard stöhnte und verdrehte die Augen. Da saßen wir, und es sah ganz nach einem gemütlichen Abend aus. Als das gemeinsame Schweigen unerträglich zu werden begann, sagte Delphine: »Du wolltest doch mit mir reden, nun fang schon an. Du hast uns das Abendessen verdorben, also sag mir jetzt, was du sagen willst.«

»Komm zu mir zurück!« bat Richard und starrte Delphine mit einem schmachtenden Blick an.

»Non! Ich habe dir schon zehnmal gesagt, daß es vorbei ist mit uns.«

»Meine Mutter ist ein Biest«, schimpfte Richard unvermittelt, als hätte er Delphines Antwort gar nicht wahrgenommen.

»Das habe ich schon zehnmal gehört.«

»Weißt du, was sie getan hat?« fuhr Richard unverdrossen fort. »Sie hat einen *Privatdetektiv* auf dich angesetzt! Sie hat dich eine Woche lang von ihm beschatten lassen, um herauszufinden, ob ich dich noch heimlich treffe! Ist das nicht pervers? Und dieser widerliche Schnüffler hat meiner Mutter erzählt, daß du eine *Ladendiebin* seist. Angeblich hat er dich dabei beobachtet, wie du in einem Supermarkt eine Champagnerflasche gestohlen hast. Dieses Miststück! Er hat geschnallt, daß meine Mutter unbedingt etwas Negatives über dich hören wollte – sie macht ja aus ihrer Aversion gegen dich keinen Hehl. Und weil er nichts fand, hat er sich diese gemeine Geschichte ausgedacht, um Helene zufriedenzustellen. Ich muß mich für meine Mutter entschuldigen.«

Richard war offensichtlich ehrlich erschüttert über das Verhalten seiner Mutter.

Delphine wußte anscheinend nicht, was sie sagen sollte, und auch mir fehlten die Worte. Der große Unbekannte, die geheimnisvolle Ursache der komplizierten Kettenreaktion, die Delphine und mich mit sekundengenauer Präzision zusammengeführt hatte, war ausgerechnet *Richards Mutter!*

Richards Blick saugte sich wieder an Delphines Gesicht fest und bekam erneut diesen schmachtenden Glanz. Er beugte sich vor und sagte eindringlich: *»Delphine! Bitte!* Ich habe einen Fehler gemacht. Gib mir doch noch *eine* Chance. Ich pfeife auf meine Mutter. Ich schaffe es auch allein!«

Mir stockte das Herz. Richard wirkte, als meinte er, was er sagte. Vielleicht hatte er wirklich seine Fehler eingesehen, vielleicht war er tatsächlich bereit, sich von seiner Mutter zu lösen. Was, wenn Delphine das genauso empfand? Was, wenn sie sich dazu bewegen ließ, ihm doch noch einmal eine Chance zu geben? Beklommen stand ich auf und sagte: »Ich glaub', ich lass' euch doch besser allein!«

Aber Delphine hielt mich am Arm fest: »Nein, bleib!« Dann atmete sie tief durch und sagte: »Richard, es tut mir leid. Aber es ist endgültig vorbei mit uns. Es ist besser, wenn du jetzt gehst.«

Richard brauchte fast eine Minute, bis der Groschen bei ihm gefallen war. Plötzlich stand er ruckartig auf und verließ mit seltsam forschen Schritten den Ort seiner späten Einsicht, ohne uns noch eines Blickes oder Wortes zu würdigen.

Federleichte Tage

Mitten in der Nacht wachte ich neben Delphine auf. Die Ereignisse der letzten Tage gingen mir durch den Kopf; Verena, Pablo, Richard. Endlich war alles überstanden, endlich waren die Verhältnisse wirklich geklärt. Und während ich ihren tiefen Atemzügen lauschte, wünschte ich mir, mit Delphine auf eine sonnige Insel im Meer zu fliegen.

Zum Frühstück servierte ich ihr meine Idee. »Was meinst du, sollen wir den Altweibersommer zusammen auf Formentera verbringen, in einem einsamen, alten Haus in der Nähe der Steilküste?«

Sie sah mich begeistert an. »O ja!« sagte sie ohne Zögern, und ihre Augen strahlten.

In den Tagen vor unserem Abflug holte ich Delphine jeden Nachmittag von der Schule ab. Oft bummelten wir danach ein bißchen durch die Stadt oder gingen in ein Café. Am frühen Abend landeten wir meistens bei mir, um im Nirwana das Leben vor dem Tod zu feiern.

Es waren beschwingte, federleichte Tage, in denen Delphine mir viel von sich und ihrer Kindheit erzählte: Von der warmen Sommernacht, als sie mit zwei Freundinnen barfuß im Schlafanzug durch das tief schlafende Dorf gezogen war und zum erstenmal in ihrem Leben Glühwürmchen gesehen hatte, Tausende tanzender Lichtpunkte in der Dunkelheit, wunderschön und geheimnisvoll. Sie erzählte von dem unvergeßlichen Geschmack des Apfelmuses, das ihre Mutter aus frischen Äpfeln aus dem Garten zu kochen pflegte. Von dem Tag, als sie (sie war vierzehn damals) zu ihrer Mutter gesagt hatte: »In der Welt ist alles falsch gemacht worden. Man müßte alles neu machen.« Und auf die Frage der Mutter, wie sie sich das vorstelle, hatte sie geantwortet: »Erst mal das Alte abschaffen!«

Mir gefiel und imponierte ihre Denkweise. Es war ein Denken, das sich nicht auf Bücherwissen stützte, das keine Lehren brauchte und keinen ideologischen Ballast mit sich herumschleppte. Delphine dachte frei, autonom, ihre Einsichten und Ansichten waren dem Leben selbst abgewonnen. Ihre Unbefangenheit, ihre Natürlichkeit und die Fähigkeit, ganz im Augenblick aufgehen zu können, zogen mich immer aufs neue in den Bann, ließen mich die Zeit vergessen.

Was Delphine auch erzählte, ich hing gebannt an ihren Lippen. Jede ihrer Geschichten war wie ein Puzzle-Stück, und nach und nach setzte sich vor meinem inneren Auge das Bild einer fröhlichen, unbeschwerten Kindheit zusammen. Und auch sie hörte mir aufmerksam zu, wenn ich ihr Anekdoten aus meinem Leben zum besten gab. Verliebtheit macht uns zu perfekten Zuhörern.

Der Abflug

Dann war es soweit, und wir fuhren mit Koffern voller Sommersachen und Herzen voller prickelnder Vorfreude auf die gemeinsame Zeit zum Flughafen. Während der Autofahrt war es mir, als ließe ich nun auch äußerlich meine Vergangenheit hinter mir zurück. Jede Reise ist ein Bruch mit dem Gewohnten, ein neuer Anfang, eine neue Chance. Die Sonne schien auf die Autobahn, Wiesen und Wälder flogen vorbei. Das Laub der Bäume begann schon herbstliche Farben anzunehmen.

Ich fühlte mich beschwingt, befreit. ›Das Alte abschaffen‹: Delphine und ich, wir hatten es gewagt. Wo wir hinflogen, würde kein Telefon klingeln, keine Post kommen, keine Verena würde uns nerven, kein Pablo mich enttäuschen, kein Richard uns den Abend verderben. Eine der schönsten Mittelmeerinseln erwartete uns und würde uns als frisch verliebtes Paar herzlich empfangen – denn Inseln lieben Verliebte, weil nur sie ihre Schönheit zu würdigen wissen. Touristen fotografieren, was sie sehen, Verliebte lassen es in ihre Seele ein.

Das Flugzeug rollte an, beschleunigte und hob ab. Delphine und ich sahen uns in die Augen, als spürten wir beide, daß unsere Liebesgeschichte eigentlich jetzt erst begann.